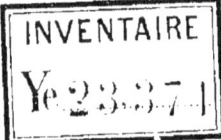

DIEU ET SATAN

HIER

AUJOURD'HUI, DEMAIN

POÈME LYRIQUE

PAR

M. L'ABBÉ GISCLARD

Curé d'Egly (Seine-et-Oise)

ABBEVILLE

IMPRIMERIE BRIEZ, C. PAILLART ET RETAUX

90, CHAUSSÉE MARCADÉ, 90,

Août 1872

DIEU ET SATAN

POÈME LYRIQUE

DIEU ET SATAN

HIER

AUJOURD'HUI, DEMAIN

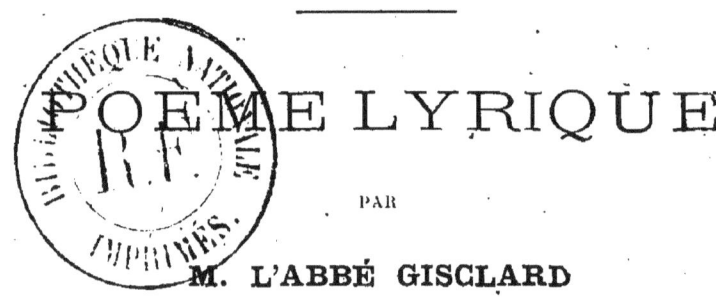

POEME LYRIQUE

PAR

M. L'ABBÉ GISCLARD

Curé d'Egly (Seine-et-Oise)

ABBEVILLE

IMPRIMERIE BRIEZ, C. PAILLART ET RETAUX

90, CHAUSSÉE MARCADÉ, 90,

Août 1872

DIEU ET SATAN

CHANT PREMIER.

SATAN ET LE DÉMON DE LA HAINE.

I.

« *Ange de mes conseils*, que fais-tu dans l'abîme ?......
« Tu n'as quitté le ciel qu'avec gémissement ;
« Ta triste éternité, c'est le rugissement,
« Le désespoir, les pleurs ; et seul, devant le crime,
« — Te laissant appeler ange pusillanime, —
« Seul tu reculerais !.... Quoi ! j'aurai fait trembler
« Sur son trône éternel Celui que cet archange,
« Serviteur du Très-haut, Michel, esclave étrange !
« A nommé Tout-Puissant, et à qui ressembler
« Je pouvais !!!.. — Car c'est moi qui portais la lumière,
« J'étais le *jour divin*, le jour resplendissant,
« Le *Flambeau* sans égal, Flambeau éblouissant,
« Plus beau que le soleil dans toute sa carrière !
« Quoi ! dis-je, un seul instant pour flétrir à jamais
« L'ouvrage de six jours et pour voir désormais

1

« La guerre,

« Sur la terre,

« M'aura suffi !.. et près de triompher de Dieu,

« Du Christ mon ennemi, qui m'a mis en ce lieu,

« Dans ce Royaume affreux d'éternelle souffrance,

« Un mortel, un martyr. à ma grande Puissance,

« Insulterait !... (1) Non ! non ! tout ce qui vient du ciel,

« Je le hais, je l'abhorre !... Ah ! ranime ton fiel,

« Ange de mes conseils, grand esprit de la *Haine* !

« Assouvis ma fureur, rends moins lourde ma chaîne.

« Anéantissons Christ et ce qui vient de lui !

« *Tu es mon fils, et moi je suis ton père,*

« *Car je t'ai engendré* ; vole donc sur la terre

« Pour y porter la guerre !.......

« Mon fils, écoute-moi : je serai ton appui. »

II.

Ainsi disait Satan, le prince des ténèbres,

Du fond de ses enfers, de ces cachots funèbres

Où souffrent les démons, ses frères dans l'orgueil,

Ses frères dans le mal. Il parlait au Rebelle

Qui opprime aujourd'hui l'Église dans le deuil ;

Il parlait au démon de la Haine éternelle

Lequel lui répondit : « O mon Père ! ô mon Roi !

« Apaise ta fureur ! de grâce, calme-toi !......

« Ne crois pas, o Satan, que je sois sans courage.

« Ne crois pas que je sois le moins audacieux !

« J'ai un fils aux Enfers ; mais il a tant de rage

(1) Le souverain Pontife Pie IX.

« Que je n'ose le voir ; il est si furieux !......

« Tu le connais d'ailleurs : descends à sa demeure

« Et brise sa prison : je serai tout à l'heure

« Près de la *Grande Reine* aux nobles sentiments,

« Qui est digne de toi par les ressentiments

« Qu'elle éprouve sans cesse en son âme héroïque

« Contre son Cauchemar l'église catholique.

« Près de ta noble fille, ô monarque divin,

« — Je le jure par toi, par l'infernal venin !

« Près d'elle j'attendrai mon fils aux grandes flammes ;

« Et quand entièrement la RÉVOLUTION.

« Brûlante de mes feux, aura brûlé les âmes

« Des feux de ton foyer en ébullition,

            « Et de ceux du terrible,

« Que tu m'amèneras un peu moins inflexible,

« Tu n'auras plus alors qu'à livrer les chrétiens,

« Les ministres du Christ qui ne sont pas les tiens,

« Je ne dis pas tout court aux fureurs de l'impie,

« Mais aux coups du démon de l'homicide ENVIE ! »

CHANT DEUXIÈME.

SATAN ET LE DÉMON DE L'ENVIE.

I.

Il dit et disparaît. Le prince de l'enfer,
Soudain se précipite au plus profond du gouffre.
Par delà des marais de bitume et de soufre,
Dans ce vaste royaume où règne Lucifer,
S'ouvre un cachot tout noir, séjour insupportable
Du plus infortuné de tous les habitants,
De l'abîme infernal. C'est là que le coupable,
Fait entendre ses cris, dans des lacs croupissants ;
C'est le cruel démon de l'Envie homicide,
Un des sept de satan, qui aussi déicide
Que le roi des enfers dans sa prison de feu,
En maudissant le Christ, blasphémant contre Dieu,
Pousse des hurlements à fendre les oreilles.
Des vipères sans nom ou plutôt sans pareilles,
Des reptiles affreux forment son lit. Jamais
Le sommeil n'approcha de sa noire paupière.
Toujours l'inquiétude agite ses regards.

Au milieu des serpents qui lui montrent leurs dards,
Il tressaille, il frémit : la haine et la vengeance
Tourmentent son esprit ; l'éternel désespoir
L'opprime et le poursuit pour faire sa souffrance.
Pour éteindre sa soif il n'est en son pouvoir
Que de prendre une coupe, une coupe brûlante
    Et de boire à foison
Un breuvage de feu, un immortel poison
Fait avec ses sueurs. Sa figure tremblante
Respire l'incendie et le meurtre et le vol,
La noire jalousie et la fourbe et le dol.
Au défaut de la faible et timide victime
Que sans cesse il recherche avec rage et fureur,
Se plaisant dans le mal, dans les horreurs du crime,
Il s'arme d'un poignard, et sans nulle pudeur
Il se frappe lui-même, oubliant que sa vie
    Est un souffle immortel
    Sorti de l'Éternel.

II.

Tel est l'affreux démon ou le monstre en furie
Que Satan va trouver pour ses vastes projets.
« Archange, lui dit-il, parmi tous les sujets
    « De mon immense Empire.
« Parmi tous les esprits seul brave je te vois,
    « Ta valeur j'aperçois ;
    « Comme un Dieu je t'admire ! !....
« Tu es digne de moi, Ange de mes conseils !
« L'Archange de l'*Orgueil*, celui de la *Colère*,
« Celui du *Vice impur* — de qui je suis le père, —

« Non, mon fils, non ! à toi ils ne sont pas pareils ;
« Tu les surpasses tous dans la force du Vice !
   « La *Paresse* et l'*Avarice* ,
 « La *Gourmandise* enfin, non ! non ! tous ces démons
    « Dont pourtant nous nous servirons,
« Ils ne te valent pas !.. C'est pourquoi dans ton antre
     « En toi seul confiant,
     « J'accours et j'entre :
     « Je te connais vaillant !
« J'ai toujours distingué ton caractère féroce ;
    « Tu portes dans ton cœur
    « Ce qui fait le malheur !
« C'est tout ce qu'il me faut ; je demande un atroce,
    « Un ange furibond
« Comme toi, ô mon fils, qui aille d'un seul bond
« Dans le sein de ma fille (1) allumer cette flamme
     « Que tu mis autrefois
     « Dans le cœur et dans l'âme
« Du cruel roi Hérode !... O mon fils, plusieurs fois,
« Tu le sais, j'ai voulu anéantir l'Église,
 « Cette épouse du Christ mon ennemi juré ;
« Tu sais combien de temps notre Empire a duré !...
    « Mon fils, je veux qu'on dise :
« Satan, le grand Satan, c'est l'illustre vainqueur,
 « C'est le Roi des enfers, c'est le *Prince du monde* !
« Archange, tu le sens dans la rage profonde
     « De ton valeureux cœur,
« Il faut perdre le Christ pour régner sur les hommes ;
« Il faut que tout l'Enfer, — puissants comme nous
    « Audacieux surtout — |sommes].'

(1) La Révolution.

« Se déchaîne soudain sur le Christianisme.
« Or, pour le détrôner, il faut mettre partout
  « Non pas le Paganisme,
    « — Il n'est plus de saison —
« Mais l'Incrédulité et le Socialisme !
    « Sors donc de ta prison,
« Fier Esprit de l'Envie ! il faut aujourd'hui même
  « Briser le vieux diadème
« Du Christ notre ennemi ! réalise mes vœux.
« Cette auguste entreprise est digne de tes feux !
« Oui ! je compte sur toi : ta vertu est féconde ;
« Ne tarde plus, mon fils ! viens mes desseins seconde ! »

III.

« O Satan ! ô Satan ! — avec un grand soupir
Répondit aussitôt le Démon de l'Envie,
Agitant son poignard, — que ne puis-je mourir !
« Faut-il qu'on m'ait donné une immortelle vie !
« Quoi ! le poids de l'Enfer ne courbera jamais
    « Ton front superbe !........
    « Ah ! si je pouvais.......
« Mais veux-tu m'exposer encore aux coups du Verbe,
« Aux coups de cette foudre, instrument de malheurs !
« Qui t'a précipité dans le gouffre des pleurs ?....
« Que peux-tu contre Dieu, ô Roi de tous les crimes ?
« Que peux-tu contre lui, Monarque des abîmes ?
« Michel l'avait bien dit : « *Qui est semblable à Dieu ?*
« Il faut le confesser; la Croix est souveraine ;
    « Elle est plus qu'une reine,
    « Elle règne en tout lieu !

« Une femme d'ailleurs t'a écrasé la tête !

« Tu ne peux rien contre elle, elle sera toujours

    « *Des chrétiens le secours :*

« Elle se moquera de la grande tempête

« Que tu veux soulever ; jamais tu ne pourras,

« Dans ton suprême orgueil, dire au Christ : «*tu mourras!*»

« Paul, ton grand ennemi, sans le moindre parjure,

    « Et sans mots superflus,

« Tu le sais, il l'a dit dans fière écriture : «

« *Le Christ ressuscité, immortel, ne meurt plus !*

« Oui, le Christ ! il est roi, il triomphe, il commande !

« Que peux-tu contre lui, Satan, je te demande ?...

« Ce n'est pas d'aujourd'hui que tu l'as essayé ;

« Tu l'avais fait mourir sur un affreux Calvaire,

« Tu l'avais étendu dans un pauvre suaire,

« Et voilà que soudain lui-même il s'est frayé

    « Le chemin de la victoire !

« Il t'a vaincu, Satan ; il a ravi ta gloire ;

    « Et par son horrible mort,

    « Toi qui te croyais plus fort

« Tu as été chassé du trône de la terre.....

    « Oui tu peux,

    « Si tu veux,

    « Recommencer la guerre,

« Michel sera toujours l'ange victorieux....

« Tu le sais, elles sont impuissantes

« *Les portes de l'Enfer ;* elles sont frémissantes.

    « Mais en vain....

« Ce n'est pas toutefois que je sois sans dédain

    « Pour le Christ et son épouse ;

    « Mes sentiments sont tout haineux

» Pour tout ce qui est saint, pour ce qui vient des cieux.

« Mais la force du Christ, voilà ce que mes yeux
« Ne peuvent renier : c'est ce que je jalouse !!!...
« Ah ! poursuis, si tu veux, tes projets et tes plans !.....
« Ne viens pas me parler de force et de courage,
    « Ne viens pas enflammer davantage
        « Mes fureurs et mes élans ;
« Ne viens plus me troubler, laisse-moi dans la rage ! »

. . . .

. . . .

IV.

Il dit ; et de ses mains arrachant les serpents
      Qui entouraient ses flancs,
      Furieux et en délire,
      De ses bruyantes dents
— Ne se possédant plus — soudain il les déchire.

. . . .

Satan en frémissant de colère et d'orgueil :
« Fier Archange, dit-il, quel est donc cet écueil,
    « Que vient de rencontrer ton âme ?...
« D'où te vient aujourd'hui cette timide flamme ?
« Est-ce que dans ton cœur se serait fait sentir
« Cette lâche vertu des cœurs pusillamines
« Que la langue du Christ appelle repentir.
    « Ou futile regret des crimes ?....
« Regarde autour de toi : ces serpents que tu mords
« Ne périront jamais !... Chasse donc tes remords,
« Et à des maux sans fin, dans ton âme plus ferme,
« Sache opposer du moins une haine sans terme.

« Oui, bannis loin de toi d'inutiles regrets.....

      • Ose me suivre,

« Ange de mes conseils et de tous mes secrets !

      « Il faut poursuivre

« Ce que j'ai commencé, la guerre à l'Éternel !

« Dussions-nous de nouveau monter jusques au ciel

      « Pour abattre et détruire l'Église !

« Ton âme est trop craintive et à la foi soumise !...

      La RÉVOLUTION !

« C'est ma fille, ô mon fils !... elle est forte et puissante,

      « Elle est plus que frémissante !... •

« Elle renverse tout, Église et nation.

      « Bientôt, dans notre élan rapide,

« Loin des mondes flottants nous mettrons dans le vide,

« Dans ce vaste désert de silence et de nuit,

« Où l'œil est sans aspect et l'oreille sans bruit,

« Où sous un vent muet, comme des feuilles mortes,

« Errent la Thèbe aux sphinx et la Thèbe aux cent portes,

« Palmyre du désert, Memphis aux grands tombeaux,

« Rome (1), Carthage et Tyr souveraine des eaux,

      « Bientôt, dis-je, nous chasserons du monde

      « Ce vilain *pouvoir temporel*

      « Que j'exècre d'une haine profonde.

« L'Église en souffrira ; car du *spirituel*

      « Il est l'épée et la cuirasse ;

      « Oui, oui, l'Église tombera !

      « Que dis-je ? elle succombera !...

      « Or, je veux que cela se fasse   [main,

« Par ton bras, ô mon fils !... Viens donc, Ange inhu-

« Oh ! non, non ! n'attends pas que ma puissante main

1. L'empire romain.

« Te force et te contraigne

  « A m'accorder soudain

« Ce qu'aujourd'hui je daigne,

  « Dans ma juste fureur,

« Demander à ton zèle !...

  « A ma voix sois fidèle

« Et à mes feux brûlants ranime ton grand cœur ! »

V

A cette menace et à cette espérance,

  'Se laissant entraîner un peu,

Le démon de l'envie, ardent et plein de feu,

Agite ses serpents et vers Satan s'avance.

« Je suis à toi, dit-il, Grand Prince des enfers !

« Je suis l'exécuteur de tes plans gigantesques ;

« Mais il faut un mortel aux mœurs chevaleresques

  « Pour mettre l'Église dans les fers !

« Il faut un orgueillenx, un parjure, un impie,

  « Esclave de toutes passions !....

« Comme tu vois, Satan, c'est plus que de l'envie

« Qu'il faut à ce mortel ; il faut aux nations

« Pour abolir le Christ..., il leur faut l'Athéisme.

« Je ne puis donc tout seul opérer le grand schisme (1).

. . . .

— « Tu as dit vrai, mon fils ; mais tu sais bien que *Moi*,

« Moi tout seul, Moi puissant, moi des démons le Roi,

1. Séparation de Dieu pour se donner à la *libre pensée* satanique.

« Je peux faire disparaitre
« La vertu, la piété, .,
« Et faire régner en maître
« Le *MAL* ou l'IMPIÉTÉ !.....
« Quand je voudrai, mon fils ! comme une souveraine,
« La grande impiété, noble et puissante Reine,
« Régnera sur la terre : à Moi tous les États !
« Tous les Gouvernements et tous les Potentats !
« A l'Église et au Christ oui ! je serai funeste.....
« Pour les anéantir, que nous faut-il du reste ?
« Il nous faut l'Italie ou ce *pays de fats,*
« De *fous aventuriers, rongeurs comme des rats* (1).
« Voleurs et assassins ! Ce qu'il nous faut en somme
« C'est le fameux *Galant-homme,*
« Ce mannequin royal, jouet de *Mazzini*
« Et de *Garibaldi,* comme il le fut naguère
« Et le sera toujours du fier *Cialdini !*
« C'est l'homme qu'il nous faut, car je le considère
« Comme l'infaillible instrument
« Dont nous nous servirons pour raser Babylone (2)
« Jusqu'à son maudit fondement.
« C'est lui qui enverra le Pape à la colonne,
« Il le couronnera des ronces du chemin,
« Il lui mettra pour sceptre un roseau dans la main ;
« Au pilier du mépris il le fera paraitre,
« Comme on traita jadis notre ennemi son maitre ;
« Et le peuple sans foi, ni loi,
« Se moquant ainsi de son roi,
« Dira au roi *vainqueur,* comme on dit à Pilate :

1. Expression d'un poète moderne.
2. L'Église de J.-C. — Quel blasphème !...

« *Tolle ! A bas le Christ !*..... A bas la Papauté !
« Nous voulons *Barabbas ! vive la Liberté !* »
« C'est ainsi que je veux que ma fureur éclate,
« O mon fils !.... Suis-moi donc, caresse les serpents,
« Ne les déchire plus de tes bruyantes dents.
« Séraphin, hâte-toi !.... l'Archange de la HAINE
                « T'attend depuis long-temps
              « Près de la *Grande Reine*
        « Qui avec l'étendard de la Rébellion
        « Doit détruire le Christ et sa religion !

VI.

A cet espoir, le démon de l'Envie
Se laisse cette fois entraîner tout-à-fait,
            Et rapide comme un trait
Suit son père et son roi. Satan, l'âme ravie,
                Tout joyeux,
      Monte aussitôt sur un char de feu
            Et fait placer à sa droite
        Le monstre qu'il appelle son fils.
Ils s'éloignent tous deux de la prison étroite
Où gémissait le monstre aux envieux sourcils.
Ils volent aux travers des prisons infernales.
Déjà de temps en temps de soudaines rafales,
        Du crime calciné fétide exhalaison,
        Venaient vers eux de chaque prison.
Pour fuir le sombre essaim des phalènes funèbres,
Ou l'importunité des esprits de ténèbres,
            Les deux chefs de l'Enfer,
            Dans l'infernale mer

Où nageaient dans les feux de hideuses figures,
Mille spectres, formés de contraires natures,
Tourbillonnant autour des damnés effrayés
Ainsi que des corbeaux sur des suppliciés,
            Ou comme le moustique,
            Au milieu de l'Afrique,
            Altéré de leur sang,
Autour des noirs taureaux au grand soleil paissant,
Satan, dis-je, et son fils, pour passer insensibles
        Aux coupables victimes du malheur,
            Traversent invisibles
        Le lugubre séjour de la douleur.
La Mort seule les voit sortir du noir abime
Sous un jour ténébreux, glauque, pâle, incertain :
            Elle leur tend la main
            Comme fille du Crime,
            Les saluant tous deux
            Par un sourire affreux,
Sachant bien qu'ils s'en vont lui amener des têtes
Qu'elle moissonnera au milieu des tempêtes
            Par le fer et le feu.

CHANT TROISIÈME.

SATAN VA EN ITALIE AMENER LE DÉMON DE L'ENVIE AU
DÉMON DE LA HAINE.

I.

Bientôt ils touchent à la terre.
Sous un vol immobile en sa rapidité,
Ils descendent les monts, portant l'impiété
Et toutes les noirceurs de l'odieuse guerre
Qu'ils s'en vont faire au Christ ou à la vérité.

Ils sont en Italie.
C'est là que le démon de l'homicide Envie.
Était impatiemment attendu
Par l'insolent démon de la méchante Haine,
Dont l'âme, contre Dieu, de fiel est toujours pleine
Et qui, pour la vider, s'était soudain rendu
Auprès de Mazzini, l'ennemi de l'Église.

C'est auprès de cet homme à l'âme si soumise
A l'Archange du mal et de l'impiété,
Au cœur noir et méchant, au regard si farouche,

Ennemi juré de la Papauté,
C'est près de ce mortel dont l'infernale bouche
Proférait chaque jour sans aucune pudeur
Le mensonge et le blasphème,
C'est près de ce mortel vraiment digne d'horreur,
C'est auprès de ce monstre, exécrable anathème,
Que Satan et son fils,
A côté d'un poignard mis sur un crucifix (1)
Trouvent le fier démon étreignant dans ses serres
Le grand chef des Sicaires,
Faisant couler sur lui son venin infernal,
Un sang des plus impurs, un sang ami du mal.

II.

— « Admirable ! admirable ! et mille fois sublime !.,.
— S'écria tout joyeux le Prince des Enfers,
En voyant tout-à-coup près de l'homme pervers
Son fier démon, — « Tu tiens l'homme du crime,
« Serre-le bien... serre-le fortement !
« Il faut qu'il soit à nous entièrement !...
« Bravissimo ! mon fils ! sincère est mon langage,
« Tu as des vrais héros l'âme noble en partage !
« En vérité, il fait mon admiration
« Ce tableau qui est là !... dans chaque nation
« Oui ! je voudrais le voir !... Ton œuvre est magnifique ;
« Elle est vraiment héroïque !...
« Le Christ sous ce poignard

(1) On sait que les Carbonari jurent haine au Christ et à sa religion en mettant un poignard sur un crucifix.

« Parle autant à mes yeux que la sublime haine,
« De ton illustre cœur maîtresse souveraine,
« Me montre en ce moment son magnifique dard !...
« Oui : « *haine ! haine à Dieu, au Christ et à l'Église !* -
« Oui : « *haine ! haine et mort à la religion !*
« *Vive la liberté de l'humaine raison !*
« *A la foi elle doit ne plus être soumise !* »

« Tel doit être le cri des braves et des preux.
« Tâche donc, ô mon fils, que le *Carbonarisme*
  « Ne veuille que ce que je veux,
« Et que le valeureux et divin *Satanisme*
  « Soit seul son grand Maître et son Roi !...
  « A bas l'autel ! à bas le trône !
  « Il ne faut point d'autre couronne
« Que celle de l'*Enfer*, et je veux qu'on la donne
  « Non pas aux hommes, mais à MOI !...

  « *La République universelle !*
« Voila ce qu'il nous faut édifier, mon fils,
« Sur la tombe des rois ! une terre nouvelle
« Sur la tombe du Christ ! *A bas les crucifix !*
« *Les madones à bas ! à bas les diadèmes !*
« *A bas les calotins !* (1) *Vive l'Égalité !*
« *Vive la Liberté et la Fraternité !...*
« Pour régner sur la terre, usons de stratagèmes.
  « A ton fils ici présent,
« En nous rendant ici, je le disais naguère :
« Notre grand ennemi, ce n'est pas seulement
« Le Seigneur et son Christ et la *femme* sa mère,

(1) Style démagogique et communard.

« Mais la race d'Adam.

« Le Christ l'a rachetée ; à nous donc la vengeance !
« Oui, mon fils, perdons-la cette maudite engeance
« Qui nous a supplantés !... de Jéhovah d'ailleurs
       « N'est-elle pas l'image ?
« L'homme est sa ressemblance et de ses mains l'ouvrage.
« Armons-nous contre lui : artisans des malheurs,
« Il faut être lion et serpent sanguinaire !...
    « Il nous faut le fiel de la vipère,
« Le venin du dragon, la dent de la panthère !...

« Oui, mon fils, détruisons le bonheur des humains !...
« Cruels bourreaux et des corps et des âmes (1),
« Portons-les avec nous aux infernales flammes ;
« Sur l'image de Dieu vengeons-nous inhumains !
« Faisons, faisons du monde un cloaque d'ordure
    « Une caverne de voleurs,
     « De forçats une galère impure,
« Un lac de basilics, de serpents et d'horreurs,
« Un formidable essaim de dangereuses mouches,
     « Une étable de bêtes farouches,
      « Comme l'*homme* que tu tiens !...
     « C'est mon suppôt, c'est mon complice,
     « C'est l'*ennemi* des chrétiens !...
« J'espère aussi qu'un jour il aura mon supplice !
« C'est tout ce que je veux ; car perdre les mortels,
« C'est notre *mission*... Nous sommes immortels,
« Toujours souffrir hélas ! dans le puits de l'abîme,

---

(1) La haine que Satan porte à Dieu, dit saint Augustin, l'anime contre la pauvre créature humaine : il tâche de venger sur l'image le tort qu'il croit avoir reçu de l'original.

« Dans la fournaise ardente !... Ayons des compagnons
« Qui partagent au moins les maux que nous souffrons !...
　　　« Poussons donc les hommes au crime !
« C'est un serpent funeste, un tyran odieux,
« Qui fait l'horreur des saints et la haine des cieux ;
« N'importe !... il fut du Christ le bourreau déicide !
　　　« Dans sa sotte crédulité,
« La langue des chrétiens l'appelle *parricide.*
　　　« *Artifice* et *cruauté,*
　　　« *Assassinat* ou *homicide,*
　　　« *Vol, incendie, iniquité,*
　　　« *Erreur, schisme* et *impiété,*
　　　« *Monstre composé de chimères,*
　　　« *Tyran qui sur ses tributaires*
　　　« *Domine dans l'obscurité*
　　　« *Vice,* en un mot, *d'Adam triste héritage,*
　　　« *Mensonge noir, fatale prison,*
　　　« *Grand antipode de la raison,*
　　« *Ne promettant que l'Enfer en partage.*

　« *Parricide* soit tant, *schisme, hérésie, erreur* !...
　　　« Dans notre juste fureur,
　　　« Soufflons le *CRIME* sur la terre !...
« Répandons-y le sang, allumons-y la guerre !...
« Infectons l'air des plus sales discours,
« Les hommes au *blasphème* excitons tous les jours,
« La terre noircissons de leurs péchés horribles :
　　　« *Mensonges impudents,*
　　　« *Infernaux jurements,*
« *Outrages perfidies, injustices terribles,*
« *Trahisons, vanité, débauches, luxe, orgueil,*
« Dussions-nous abimer les peuples dans le deuil,

« Et principalement le pays de la France

  « Dans la plus affreuse souffrance !! ..

« Sur la terre semons le *Mal*, pour dire mieux !

  « N'en sommes nous pas les Dieux ?...

« Il faut défigurer la face de l'Église !...

« Il faut fondre sur elle en lions furieux ;

« Il faut que tout l'Enfer l'abatte et dévalise

  « Par ses puissants assauts.

  « Accablons-la de maux !...

  « N'ayant pour toute défense

« Que le feu de son cœur et que l'eau de ses yeux ,

« Non, ne permettons plus que sa fille, la France

« Soit son puissant soutien !... Aux âges les plus vieux,

  « Comme au lever de sa naissance,

    « Contre elle combattons !,..

    « Avec rage luttons !...

  « Et de la *fille* et de la *mère*

  « Effaçons le grand caractère !.....

« Jadis on distinguait les odieux Chrétiens

  « De tout le reste du monde.

« On les reconnaissait à la haine profonde

« Qu'ils avaient contre nous : séparés des païens

« Ils vivaient de la foi ; ils n'étaient pas frivoles,

« On les reconnaissait à toutes leurs paroles.

« L'odieuse vertu était leur ornement ;

« Au prix de son éclat la perle orientale

« Leur paraissait sans prix, sans aucun ornement :

« Le vice était pour eux la *vipère infernale* (1).

(1) Allusion à cette parole du Saint-Esprit : *fuyez le péché comme à la vue d'un serpent.*

« Étrangers à nos autels,

« Ils vivaient séparés du commun des mortels.

« Renversons aujourd'hui cette image céleste,

« Arrachons cette vieille cloison ;

« Dans l'Église et la France envoyons donc la peste,

« Tuons-les toutes deux par l'infernal poison !...

. . . .

. . . .

. . . .

« Vive Satan ! mon fils, tu tiens l'homme sublime

« Qu'il nous faut dans ces temps pour répandre le crime.

« Il a ton vrai talent !... sa plume est un poignard !

« Vois ce front !... vois cet œil ! Quel infernal regard !

« Et sa voix !... entends-le... quel accent satanique !

« Quelle parole inique !

« Il est du mal le véritable ami ;

« Il est du Christ le plus grand ennemi !

« C'est ton enfant, Archange de la HAINE !

« Il a ton œil, il a ta voix !...

« C'est un démon, il faut qu'il se déchaîne

« Contre le Christ, contre sa croix !...

« De lui on ne pourrait pas dire

« Ce qu'Isaac disait à l'un de ses enfants (1) ;

« Car il a et la voix et les mains des méchants,

« C'est l'Ésaü complet de mon immense empire ! ..

« Mon fils, je suis content de toi ;

« Tu es vraiment digne de Moi !...

« Tu as bien combattu dans les champs de la gloire ;

« Tu as vaincu le Christ, tu lui as pris un *cœur* ;

_____

(1) Tu es la voix de Jacob et les mains d'Ésaü. — (Genèse)

« Aussi n'en doute pas, séraphique vainqueur,
« Satan te le prédit, *nous aurons la victoire !...*

« Enfin, voici ton fils !... ranime ta fureur !...
« Tu l'appelais *Terrible*, il l'est !... je te l'amène.
« Il est digne de toi, Grand esprit de la Haine,
    « Il porte le feu dans son sein ;
« Je te l'ai amené pour mon vaste dessein.
« Instruis-le davantage, ô âme de mon âme !
« *Esprit de mon Esprit !* ô flamme de ma flamme !
« *O mon fils bien-aimé !...* Je reviens aux Enfers
« Pour y faire chanter tes sublimes louanges,
    « Et pour parler à mes Anges
« Afin qu'ils t'aident tous à perdre les pervers !... »

CHANT QUATRIÈME

SATAN ET L'ANGE DU SAINT SIÉGE.

Il dit et disparaît. Il regagnait l'abime,
Tout joyeux et content de sa fière victime,
        Quand étendant soudain
        Son bras fort et sublime,
        De sa puissante main,
L'Ange *Siége-Saint*, Protecteur de l'Église,
        Josué de l'Enfer,
L'arrête dans sa course et le suspend dans l'air.
— « Satan, dit-il, il faut que le CIEL te le dise;
        « Oui, méchant Lucifer,
        « Celui qui foudroya ta tête
« T'abandonne aujourd'hui cette triste planète (1).
« Dans ton orgueil tu peux accabler de revers
« Le *VICAIRE du Christ*; de ton impure haleine,
« Tu peux, Dragon, souffler mille fléaux divers
« Au sein de ses États : Dans ta superbe haine;
        « Funeste Artisan de malheurs,
« *Fureur, pillage, sang, campagnes désolées,*

(1) La terre.

« *Deuil, solitude, effroi, plaintes, larmes, douleurs,*
« *Villages embrasés, villes démantelées,*
« *Inviolables lois lâchement violées,*
« Tels sont les maux affreux qu'à l'Église du Christ
« Tu peux faire endurer, père de l'Antechrist...
« L'Église ne craint rien !... Jadis le Paganisme
« Contre elle transforma tes Césars en bourreaux...
« Tu fis couler du sang ! par les feux, par les eaux,
« Par le fer, les chrétiens d'éternelle mémoire,
   « Martyrs victorieux,
« Passèrent tous sans peur, athlètes glorieux ;...
« Ils vivent aujourd'hui au Ciel et dans l'Histoire :
« Défaits et terrassés, ils eurent la victoire !...
« Ils lassèrent, Satan, tes bourreaux inhumains !
« Tu ne fis qu'avancer leur bonheur par tes mains,
« Et rehausser les *Noms* de ces *Témoins* augustes !... (1)
« Tu perças le Christ-Dieu en leur perçant le flanc,
   « Mais en versant leur sang
« Tu répandis partout la semence des justes !...
  « Non ! non ! démon, l'Église ne craint rien.
  « Plus forte que le *monde païen*
« Elle a vaincu encor le *colosse barbare*
  « En en faisant un monde chrétien.
« Contre les maux aussi que *ta main* lui prépare.
« Militante sans crainte, Elle triomphera
« De ton *monde* pervers, *révolutionnaire,*
« Que tu prétends puissant, mais lequel passera !..
  « Sur un nouveau Calvaire
« Ah ! tu peux la clouer !..... la Révolution
  « La croit sans doute mortelle !...

(1) Et vivent nomina eorum in æternum.

« A *trois jours* de la Passion
« Se trouve, tu le sais, la *Résurrection* !...
« Oui, tu le sais, Satan, le Christ est avec elle !...
« Tu peux donc la poursuivre avec rage et fureur
« Comme tu poursuivis son divin Fondateur.
« L'Église ne craint rien ! l'Église est immortelle !!!... »

CHANT CINQUIÈME

RETOUR DE SATAN AUX ENFERS.

L'Ange a dit et s'envole. A ces mots le Rebelle (1)
Comme blessé d'un trait s'abat en rugissant
Sur le sol de l'Enfer , ...
. . . . Revenant à lui-même :
« Quoi ! dit il, roi divin, Monarque tout puissant,
« De l'homme ayant ravi le brillant diadème,
« Devant mon tribunal je me serais traîné,
« Et Satan par Satan eût été condamné !!!.,.
« Quoi ! comme le serpent qui lui-même se pique,
« En tournant contre moi ma noire polémique,
« Je suspendrais mes traits pour déplorer mon sort !
« Non ! non ! ce que j'ai fait je le ferai encor.
« Je ne maudirai point la grande heure fatale
« Où des splendeurs de Dieu la mienne fut rivale,
« Cette heure qui fit croire à mon cœur envieux
« Qu'il était à l'étroit dans l'infini des cieux !...
« *Haine à Dieu ! haine au Christ !* tel sera mon blasphème
« Si blasphéme il y a !... Pour me mordre moi-même,

(1) Satan.

« Je ne le ferai point !!!... L'Ange du *Temporel* (1)
   « Me défend la victoire
« Sur l'Église du Christ, disant que l'Éternel
    « Se réserve la gloire
     « D'un triomphe futur !......
« Nous verrons s'il dit vrai !... Monarque de l'Abîme...
« Quoi ! n'ai-je pas, après ma révolte sublime,
« Précipité le monde en un cloaque impur ?....
   « N'ai-je pas fait le *Paganisme*,
    « Ce fameux culte des faux dieux ?....
    « Adorateurs du *Satanisme*,
« N'êtes vous pas ici avec moi dans ces lieux ?....

« N'ai-je pas fait encor ce *nouvel Evangile*
« Qu'enseignent ces docteurs à la glose fertile
« Qui donnent pour la seule et pure vérité
« Les grandes visions d'un esprit révolté ?....
« O *Luther !* ô *Calvin* ! oui, votre main parjure,
« Qui déchira du Christ la robe sans couture,
« Par moi seul fut poussée aux actes pleins de fiel ;
« — Car pour moi seul je vous faisais servir le ciel,
« Comme cet *imposteur* qui subjugua l'Asie. —
« C'est aussi que par moi par le fer et le feu,
« — S'en servant comme du glaive de Dieu —
« Votre postérité de vertige saisie
« Procéda !!.... Oui, c'est Moi qui ait fait l'HÉRÉSIE.

 . . . .

 . . . .

« L'Angleterre est à moi ! La Prusse est mon séjour !
   « L'Allemagne est mon domaine ;
« Ma fille l'*Hérésie* y a reçu le jour,

---

(1) L'Ange gardien du pouvoir temporel du Saint Siége.

« Elle y règne en souveraine !....

« Je possède la Suisse ! Et la Russie encor,

« N'est-elle pas toujours le grand pays du Schisme,

« Comme l'Empire turc du fier Mahométisme ?...

« L'Europe m'appartient ! L'Europe est mon trésor !

« Je te l'ai enlevé, ô Église superbe !....

« Tu ne le prendras point, vile épouse du Verbe !....

« Dans ma puissante main je tiens tous les États,

« Tous les Gouvernements et tous les Potentats !....

        « Je règne en Amérique,

        « En Asie, en Afrique :

        « Je possède les mers

        « De l'immense univers !....

« Non, non, je n'ai pas peur ; il y aurait la France

        « Qui seule me ferait trembler.....

« Mais qu'ai-je dit ? au ciel, devant cette Puissance,

« A laquelle, je crois, je pouvais ressembler,

« Ai-je tremblé ? non, non !.... Archange de l'Église,

« Je ne t'écoute pas ; Lucifer te méprise.

        « Oui ! quand je voudrai,

        « Je triompherai ! ! !.....

« A l'œuvre ! à l'œuvre donc, mes fidèles Archanges !

        « Célébrez tous en chœur

        « Les sublimes louanges

        De la *Haine* au grand cœur !

« En Italie il est l'Archange de la Haine,

« Près du grand ennemi de l'Église romaine.

« L'ENVIE est avec lui. A l'œuvre, mes enfants !

« Secondez leurs efforts ; il faut porter la France

        « Aux crimes des méchants :

« Il faut qu'elle abandonne aux coups de la souffrance
    « Et qu'elle mène au tombeau
« Sa mère dépouillée, indigente, piteuse, (1)
« Je dirais beaucoup mieux cette infâme voleuse
« Qui, jadis, aux beaux jours de notre fier drapeau, (2)
« Nous déroba cette *belle idolâtre* (3)
« Qu'elle appelle aujourd'hui avec un sot orgueil
« Sa *fille aînée !....* Oui, plongeons dans le deuil
« Cette maudite et insigne marâtre !

. . . .

« Séraphins, hâtez-vous ! sur la cime des monts
« Précipitez vos pas ! sortez du noir abîme,
« O vous tous, mes amis, mes fidèles démons !
« Hâtez-vous ! dans les cœurs faites entrer le crime !

          « Orgueil, avance-toi !
« Avance-toi, *Paresse !* avance-toi, *Colère !*
« Sachez-le savamment, pour détruire la mère,
« Oui, de la fille aînée il faut tuer la foi !
« Il faut la rendre impie, il faut la rendre impure !
« *Gourmandise, Avarice,* ah ! venez donc vers moi ;
« Et toi aussi, ma fille, avance-toi, *Luxure !....*

. . . . ; . . . .

« Écoutez, mes enfants, écoutez, mes amis.
« — Non, ne regrettez pas les célestes parvis ! —
« Partez, partez, exécutez mes ordres :
          « Dans la grande Nation
          « Portez la perversion ;
« *Corrompez - la,* semez-y les désordres ! »

(1) L'Église dépouillée de ses États.
(2) Au temps du paganisme.
(3) La France.

2

CHANT SIXIÈME.

GRACE ET LIBRE ARBITRE.

I.

A peine Lucifer achevait-il ces mots
Que comme l'Océan bouillonnant en ses flots,
  L'infernale cohorte
A la voix de son chef se rend en mugissant,
Et d'une voix retentissante et forte
Soudain s'écrie en chœur : « Vive le Roi puissant !
« Vive le fier Esprit de la *Haine* éternelle !
« Vive, vive Satan ! et sa Race immortelle !
  « Partons, partons, armons-nous de nos traits,
   « Et par nos magiques attraits,
« Remplissons tous les cœurs de l'infernale ivresse ! »

Ils disent, et s'en vont comme un vent violent
Qui porte dans son sein l'horrible sécheresse,
  Ou comme le torrent
  Qui porte le ravage
Dans les chères moissons du pauvre laboureur.

II.

O Grâce ! où étais-tu ?.... Dans le Cœur du Sauveur,
  Comme le dur et avare nuage
   Qui, dans une saison de fer,
   Demeure suspendu en l'air
 Sans nous verser son eau rafraîchissante,
   Oui, Grâce bienfaisante,
Sublime et pur rayon de Dieu même émané
Qui rejaillis du sang du bon Verbe incarné,
Toi qui du libre arbitre assures la puissance.
Toi qui, sans rendre esclave, obtiens l'obéissance,
   Oui ! toi, divin ruisseau de miel,
Qui découles sans fin des montagnes du Ciel,
Oui ! toi, secours de Dieu, toujours donné aux âmes
Pour opérer le bien en le leur inspirant
   Par tes célestes flammes,
Oui ! dans le *Cœur* du Christ, qui chaque jour pourtant
Se donne tout entier à toute âme qui pleure,
Pour soulager tout cœur que la tristesse effleure.
   Dans ce *Cœur* si aimant,
   Comme l'eau dans la nue,
Oui ! Grâce, sans pitié étais-tu suspendue ?.....

  . . . .

  . . . .

III.

Ah ! non ! non ! tu coulais, prodigue et doux ruisseau !
Dans les champs des mortels tu coulais ; mais ton onde,

Dans une terre peu profonde,
Dans un terrain pierreux, où le pauvre arbrisseau
Brûlé par le soleil ne trouvait pas de terre
Pour se nourrir...... que pouvait-elle faire?....
Que pouvais-tu produire, ô Grâce de Jésus!
Dans ces cœurs endurcis, sans foi et sans vertus?
Pouvais-tu leur donner et son *obéissance*,
Et sa grande *douceur*, et son *humilité*,
        Et son immense *charité*,
Et sa *soumission* et son noble *silence*?....

Pouvais-tu leur apprendre à *aimer le Seigneur*?
        A la porte de leur cœur
Tu frappais, mais en vain! En vain, en vain tes charmes
        S'offraient à ces méchants!
En vain de Jésus-Christ les abondantes larmes
        S'écoulaient par torrents;
Infidèles, ingrats, dédaignant sa tendresse
        Et sa divine Croix,
Ils te repoussaient sans cesse!....
Ils fermaient leur oreille à ta pressante voix
Et leurs yeux à ta douce et divine lumière!....

IV.

        C'étaient des cœurs de pierre,
Par le vent infernal brûlés entièrement,
        Desséchés par le vent,
        Par le souffle du vice,
Par cet infâme *Amour* qui se nomme: *Avarice*,
Gourmandise, *Colère*, *Envie*, et fol *Orgueil*,

Indolente *Paresse,* impudique *Luxure,*
Par ce vent de Satan qui pousse la nature
A donner à ton soufle un indigne cercueil ! . . . .
Ils t'avaient fait mourir, divine et sainte Grâce ! . . . .
Et pour que de ton souffle ils n'eussent plus de trace,
Comme un pauvre présent qui manque son effet
Et qu'on fait renvoyer à celui qui l'a fait,
Vers la Bonté de Dieu comme un don exécrable,
Ils t'avaient rejetée, ô Grâce si aimable ! ! . . . .

V.

Incrédules, orgueilleux,
Pour tout ce qui est saint, pour ce qui vient des cieux,
Ils s'en vont maintenant sur le chemin du crime,
Misérables humains attaquant l'Éternel,
Se faisant ennemis du Dieu qui règne au Ciel ! . . . .
Semblables aux brigands qui cherchent leur victime
Un poignard à la main,
Ils courent eux aussi sur ce maudit chemin
Pour détruire le Christ. — « Hochet, dont notre enfance
« S'amusa trop long-temps, dans sa crédulité,
Disent-ils aujourd'hui, dans leur impiété,
« Disparais au Flambeau de l'humaine Raison,
« Ridicule hochet de la religion ! . . . .
« A bas le Christ ! à bas l'Église !
« La *Raison* ne doit plus leur demeurer soumise ! . . . .
« *Dieu* n'est-il pas du reste *un simple et bon vieux mot,*
« N'avons-nous pas les *droits de l'homme,*
« A dit un grand savant ? . . . . Plus de chrétiens bientôt !
« Pour abolir le Christ, *conspirons contre Rome!*

« Ne lui laissons ni trêve ni paix,
« Afin d'anéantir l'Église à tout jamais ! . . . .
« A l'œuvre *Radical* ! à l'œuvre belle *Cloche* !
« A l'œuvre fier *Rappel* ! à l'œuvre légion !
« A l'œuvre noble Presse ! ! ! . . . ô Révolution ![*proche*
« Les grands jours sont venus ! *Oui* ! *oui* ! *le temps est*
« Où nous entasserons *les trônes, les autels,*
« *Sur les sales fumiers,* avec ces fiers mortels,
    « Vrais *acarus à tête humaine,*
      « *Qui depuis trop de siècles en suçant*
      « Avidemment *notre or et notre sang.*
« Exercent sur nous tous un indigne domaine !
« Il est fini *leur règne et leur culte est passé* ! (1)
    Ainsi parlait leur orgueil insensé.

VI.

Ah ! tu pouvais frapper longtemps et sans relâche
A la porte des cœurs ! Oui, des hauteurs des cieux,
Des sources du Sauveur, du doux Agneau sans tache,
Sur ces cœurs endurcis, méchants, audacieux,
Oui ! tu pouvais couler des célestes montagnes
      Avec la *douceur* et l'*humilité,*
    La *Foi*, l'*Espérance* et la *Charité,*
Lesquelles sont toujours tes divines compagnes
Avec la *Pénitence* et toutes les *Vertus* !
Ils ne te voulaient pas, ô Grâce de Jésus ! ! ! . . . .
Non ; ils ne voulaient pas de tes divines flammes !

(1) Ces paroles ont été dites presque mot à mot par la *Marseillaise* du 19 janvier 1869.

Les démons de l'Enfer,
Anges de Lucifer,
Étaient entrés soudain dans ces méchantes âmes :
Ils les possédaient, ils y régnaient ;
C'est pour cela qu'ils te dédaignaient ! . . . .

Du reste, ils le pouvaient.
Dieu n'a-t-il pas donné le *libre arbitre* à l'homme ?
Il le lui a laissé tout entier dans son cœur,
Dût-il en abuser contre son Créateur
Après avoir mangé la trop fatale pomme ;
Oui, dût-il chaque jour,
Sans foi et sans amour,
Savourer méchamment le *fruit de la science*
Pernicieux objet d'une *sainte défense* ! . . . .
C'est ce que l'homme a fait et ce qu'il fait encor.
La *liberté* de l'homme a vaincu ta puissance,
O Grâce de mon Dieu, ineffable trésor ! . . . . .
Mais, si sa liberté, dans son indifférence
Et son impiété, a fait son cœur plus fort,
O Grâce de mon Dieu ! toi, tu vis, lui est mort ! ! . . .

. . . .

CHANT SEPTIÈME.

LA LOUVE ET LES LOUVETEAUX DE L'ENFER.

I.

En effet le démon de la HAINE éternelle,
— Qu'auprès de Mazzini, aïeul de l'Antechrist,
Satan avait laissé pour abolir le Christ,
    Dans son impitoyable zèle
Pour prendre les cœurs dans ses filets,
En France avait déjà de ce monstre exécrable.
Apporté les hideux et dégoûtants pamphlets. (1)
Comme une horrible louve affamée, haïssable.
    La presse abominable
Soudain s'en empara pour nourrir ses enfants.
En un moment, la France eut des enfants méchants.

---

(1) « — Notre but final est celui de Voltaire et de la Révolution française, *l'anéantissement à tout jamais du catholi-
cisme et même de l'idée chrétienne....* Servons-nous donc de
tous les incidents... Une *bonne haine* bien froide, bien calculée,
bien profonde, vaut mieux que tous les feux d'artifice et toutes
les déclamations de la tribune... Il est décidé dans nos con-

II.

« Chantons les *droits de l'homme* ! abolissons l'Église !
« Qu'à la foi la raison ne soit plus donc soumise !
« *A bas la monarchie ! A bas la papauté !* »
Ainsi parla dans son impiété,
      L'insigne *Marseillaise*,
      Cet infâme journal,
Horrible louveteau de la louve mauvaise,
Salement engendré par l'esprit infernal.
      Ainsi parla le *Radical.*
Ainsi parla encor cette fameuse *Cloche*
Dont les sons si mauvais sont dignes de reproche ;
Ainsi dit ce journal que de sales auteurs,
Étalant au grand jour, leurs nudités infâmes,
Envoyaient çà et là pour corrompre les âmes;
Au service du Mal pour appeler les cœurs.
Ainsi parlaient enfin ces infâmes Libelles
Dont les mots renfermaient un sens tout infernal,

seils que nous ne voulons plus de *chrétiens*.... donc, *popularisons le vice* dans les multitudes. Qu'elles le respirent par les cinq sens, qu'elles le boivent, qu'elles s'en saturent. Faites des *cœurs vicieux*, et vous n'aurez plus de catholiques.... Isolez l'homme de la famille ; faites-lui en perdre les mœurs ... Il aime les longues causeries du café, l'oisiveté des spectacles *entraînez-le, soutirez-le ;* ... Apprenez-lui *discrètement* à s'ennuyer de ses travaux journaliers... L'homme est né rebelle, *attisez cet instinct de rébellion jusqu'à l'incendie.* » Telles sont les monstruosités écrites que Mazzini avait envoyées à la franc-maçonnerie de France et qui furent un beau jour découverte par la police romaine.

Où le vice était bien et la vertu un mal
Et où vociféraient ces orgueilleux rebelles,
Qui, se posant docteurs du pauvre genre humain,
N'étaient que des pourceaux se nourrissant d'ordure.
   Voulant que les humains prissent leur nourriture,
En leur disant : « Mangez ! mangez ... c'est un bon pain. »

III.

               Oui ! pleutres pleins de vin,
D'arrogance et d'orgueil, hyènes de luxure,
Méchants princes du peuple, on vous a vus, bandits
A l'œuvre contre Dieu et contre JÉSUS-CHRIST,
Son fils divin !..... D'un méchant trait de plume,
Philosophes impurs, dans la noire fureur
            Que l'enfer seul allume,
On vous a vus impies, athées, hommes sans cœur,
            Dans cette sombre énergie,
Méprisant du Sauveur l'adorable effigie,
Vomissant contre Dieu un infernal venin,
On vous a vus, bandits, rayer son *nom divin* !!!
      Qu'avez-vous fait, ô scribes du *théâtre*,
            Du *journal* et du *roman*,
Esprits, hommes de rien, inspirés par Satan?...
Ah ! vous avez rendu le français idolàtre !...
            Vous avez pourri l'esprit public
            Comme l'aspic et le basilic,
            Intelligences dirigeantes,
Vous avez distillé le poison infernal,
Vous avez fait mourir les âmes chancelantes !...

Pleutres, qu'avez-vous fait? Hommes amis du mal,
   Qu'avez-vous fait en France,
Sous les divers pouvoirs qui se sont succédé,
Et qui vous ont montré faiblesse et connivence,
   Comme ils vous ont accordé,
   De toute leur puissance,
Toujours impunité, souvent protection ?
   Dans la catholique nation,
Oui ! oui ! qu'avez-vous fait ? Des brutes, des barbares,
Des monstres, des démons, comme il n'en fut jamais ;
Sans raison, sans honneur, hommes tout-à-fait rares,
Surpassant de beaucoup les païens en forfaits.;
Les païens respectaient leurs divines idoles ;
Ce n'étaient pas pour eux des images frivoles ;
   Ils croyaient en leurs dieux, •
Tandis que les enfants de vos hideux sarcasmes,
   En s'attaquant aux cieux,
Ont promené partout les horribles miasmes
De la confusion, du chaos, de la mort,
Au grand contentement du prince des ténèbres !...
Telle a été votre œuvre, ô pleutres sans remords.
Satan vous possédait ! il vous a fait célèbres,
   Célèbres tristement,
   Sans aucun sentiment,
Sans foi ni loi, écrivassiers infâmes !
C'est tout ce qu'il voulait, s'emparer de vos âmes,
Pour pousser les français à la rébellion,
Pour combattre le Christ et sa religion.

CHANT HUITIÈME.

———

I.,

Il avait réussi : la légion impure
Qui s'appelle *Paresse, Avarice, Luxure,*
Gourmandise, Colère, Envie, Orgueil, — l'Enfer.
Pour dire mieux, avait soufflé ses vices
Sur notre pauvre France !.. Infâme Lucifer,
Tu régnais à Babel, ò roi des injustices !....
Quels bouleversements ! quels scandales affreux !
    Fainéants orgueilleux,
    Ignobles amis de tavernes,
    De *votre ventre adorateurs,* (1)
Idolâtres mortels de toutes les horreurs,
On vous a vus, crétins, comme dans les cavernes
    On voit les tigres et les loups,
    Avec une rugissante joie
    Déchirer et dévorer leur proie,
Monstres, on vous a vus sous les funestes coups

(1) Quorum deus venter est, dit Saint Paul.

De l'*infernale cohorte*, (1)
Politiques ardents, *démocrates* sans frein,
Dans les estaminets dévorer votre pain,
Criant d'une voix forte :
« Nous voulons le manger sur la *tombe des rois*,
  « Joyeux et à l'abri de la misère,
« Sur la *tombe du Christ*, oui ! loin du *sanctuaire* ;
« Car, vivre nous voulons sans *autels* et sans *lois*. »

II.

Et toi, surtout, Magog du fier pharisaïsme,
Hypocrite avocat de la Religion,
— Je le constate ici sans nulle passion,
Comme on constate un fait — Enfant du satanisme,
Méchamment élevé par un *Maître infernal* (2),
Oui, on t'a vu aussi sous le souffle du mal,
Potentat, dont le règne a été si fatal
Au Saint-Siége, à l'Europe et à la paix du monde,
Du maudit Antechrist *fidèle précurseur*,
Comme lui conspirant, comme lui *grand menteur* (3),
Comme lui, séducteur de la machine ronde,

(1) Des sept péchés capitaux.

(2). On sait que Napoléon III a été élevé par M. *Vieillard* ce sceptique impie qui disait : « J'ai appris à mon élève à ne croire à rien et à être un parfait hypocrite. »

(3). « — Cet homme ne parle jamais et il ment toujours. » disait l'ambassadeur d'Angleterre. — Sa mère disait de lui tout enfant : « Quand il parle, il ment ; quand il se tait, il conspire. » — Il avait à peine la force de porter une arme, qu'il conspirait déjà contre le Pape et l'Église.

Comme lui, paraissant, téméraire mortel,
Tout calme et recueilli au pied du saint autel,
Tandis que dans ton âme,
Tu nourrissais, infâme,
Le feu des passions, les vices de Satan !.....
Tu protégeais, hélas ! l'exécrable *Renan*,
Tandis que le Saint-Père,
Tu le crucifiais sur un même Calvaire,
Avec le DIEU *Jésus* !!... Oui, comme l'Antechrist,
Démocrate Empereur, tu opprimais le Christ !...
Oui, tous ceux qui étaient sous l'énorme influence
De ta vaste puissance,
Tu les avais marqués du *caractère* hideux,
De la Bête !.... César, ton règne fut affreux :
Jamais l'esprit public ne baissa tant en France...
Sans haine, je te plains ;.... tu fus un malheureux.. (1).

III.

Satan le connaissait du reste.
Il savait bien qu'un jour il serait très-funeste
A la divine Papauté,
Ce zélé partisan de la jeune Italie.

(1). Napoléon III, dit Eug. de Mirecourt dans ses *Contem-*
porains, prôneur éternel des principes de 89, eut toujours soin
de montrer un bout du haillon démocratique sous le manteau
de César ; il ne protégea que très-hypocritement l'Église, laissa
publier la *vie de Jésus* sous son règne, n'apporta pas une seule
entrave aux efforts de l'impiété, aux progrès de la corruption,
énerva la France en s'énervant lui-même, et la jeta, saignante
et dégradée, sous une botte prussienne.

C'est pourquoi dans sa rage et sa perversité,
Il avait amené le démon de l'Envie
Auprès du fier démon de l'Animosité
  Ou de la haine éternelle,
Dont le cœur contre Dieu de fiel est toujours plein,
Et qui, pour le vider, s'était rendu soudain,
Comme nous l'avons vu, auprès du grand rebelle,
  Ou ce fameux agitateur,
Dont il avait été le terrible vainqueur.

C'est là que Lucifer avait conduit l'*Envie*,
Pour corrompre et tuer notre pauvre patrie,
Pour détruire l'Église et ce qui vient des cieux,
Voulant que le démon de l'éternelle *Haine*,
Donnât tout le venin, dont son âme était pleine,
  A son fils envieux,
Le dangereux démon de l'Envie inhumaine.

IV.

  En effet, à peine Lucifer,
Avait-il regagné les portes de l'Enfer,
Que la *Haine* parlait à *l'Envie* homicide,
Et lui disait : « — Mon fils ! oui ! *traître* et *parricide*,
« Il faut-être ;... aide-moi à renverser le Pape !...
« Sècondons Mazzini !.. c'est l'ami des Démons !...
« Il est à nous le monstre, et très-habile en sape, (1).
« Mon esprit l'a rendu !.... Vole au delà des monts ;
  « Il est un homme en France

(1). A saper le trône et l'autel.

« Qui règne et gouverne à Paris.

« C'est un de nos *Carbonari,*

« Qu'il faut veiller de près de toute la puissance

« De l'Enfer : élevé par Satan notre Roi,

« Il devrait être sans foi ni loi,

« Comme ce fier mortel que mon esprit possède,

« Et que notre Seigneur (1) veut toujours que j'obsède,

« Mais il est hypocrite, il faut le convertir,

« Ou plutôt disons mieux; il faut le pervertir,

« Pour le rendre fatal au destin de la France.

« Par son aveuglement et sa grande démence !

« Déjà avec le grand serpent (2).

« Il a ligué son aigle :

« Si ce n'est pas toujours, ils s'embrassent souvent,

« — De sa conduite encor la *fourbe* étant la règle.

« Mon fils, obsède-le !.. Parmi tous ses sujets.

Lucifer l'a élu pour ses vastes projets,

« Comme arbitre du monde, oh ! faisons-le paraître ;

« Rendons-le le grand maitre,

« Qui tienne dans ses mains presque tout l'univers ;

« Oui, rendons-le pervers,

« Pour corrompre le monde et le mettre en nos fers !.,

« Pour posséder une couronne,

« L'Archange de l'*Orgueil* l'a déjà fait félon.

« C'est notre grand Satan qui l'a mis sur le trône !

« Et Dieu l'avait permis sans doute avec raison.

« Oh ! non ! non ! ce n'est pas pour défendre l'Église,

« Que Satan l'a fait grand : c'est pour être *bourreau* (3)

(1). Satan,

(2). La Révolution.

(3) Quand devant Mélanie de la Salette on appelait Napoléon le *sauveur* de la France et le *protecteur* de l'Église. « Ah !

« C'est pour tuer l'Église et la mettre au tombeau !
« Fais donc qu'au mal toujours son âme soit soumise.
« Ne le perds pas de vue: avec ce fier gaillard,
   « Comme avec le *grand Savoyard*
« Qu'il a enorgueilli de toute sa puissance
    « Aux dépens de la France,
    « Avec son sang et son or,
    « Et qu'il soutient encor
« Contre la Papauté, dans son hypocrisie,
« Avec ces deux humains, Archange de l'Envie,
« Nous serons tout-puissants !... *le pape tombera*,
    « *L'Église succombera !*
« Comme Satan l'a dit, tu l'as dans ta mémoire !

« Ah ! cours, vole et nous venge auprès de ces mortels ;
« Donne-leur ton venin, fais-leur une âme noire !
« Pour renverser du Christ les odieux autels,
« Il faut un Savoyard à l'âme frémissante,
« Il faut un roitelet et l'épée agissante
   « De la toute-puissante
   « Et divine RÉVOLUTION ! . . . .
« Pour perdre des Français la grande nation
« Et la rendre désormais incapable
« De venir au secours de ce *pape exécrable*
   « Qui nous fait tant de mal,
   « Il faut l'homme fatal,
« Le grand *carbonaro* qui a voulu du trône
   « Pour porter une couronne :

quelle erreur, s'écriait-elle ; dites donc le *bourreau* ! » Elle l'a
toujours appelé le *Précurseur de l'Antechrist.*

          3.

« Il faut NAPOLÉON le *lion des forêts* (1),
« Pour mettre entièrement l'Église dans nos rets....
« Pars, mon fils ! je te donne et ma force et ma flamme,
« Je serai avec toi, ô âme de mon âme !....
   « Après *Emmanuel*, (2)
« Et la *démagogie*, obsède ce mortel ;
« Brûle-le de tes feux : nous vaincrons l'Éternel !!..

. . . .

(1) Étymologie grecque ναπων λεων, lion des forêts.
(2) Le roi de Piémont.

CHANT NEUVIÈME

LA BOTTE PRUSSIENNE ET L'ANGE DE LA FRANCE.

———

I

Ainsi avait parlé le Démon de la haine,
Ainsi avait-il dit, dans son méchant orgueil,
Croyant jeter la France et l'Église romaine
    Dans un pauvre cercueil.

Il croyait réussir. Déjà son espérance
Lui faisait entrevoir de notre pauvre France
    La *chute* et les malheurs,
Sous les coups furieux de barbares vainqueurs....

II

Tout à coup en effet d'une couleur de soufre
Le ciel se revêtit. Des feux étincelants,
De toutes les horreurs appareils menaçants,
Se montraient çà et là, illuminant le gouffre...

Tonnerres et éclairs
Qui grondez dans les airs,
Non, non, vous n'êtes rien à côté des tempêtes
Qui vomissaient la mort et le deuil sur nos têtes :....
C'était vraiment la nuit au lieu d'un clair soleil ;
Non ! jamais ouragan ne se leva pareil !.....

III.

Satan s'applaudissait, Satan chantait victoire.
Du démon de l'*Envie* il célébrait la gloire.
Il soupirait : « Non ! non ! char des oiseaux,
« Lutins volants, bourreaux terribles,
« Voix sans poumons, sur terre et sur mer si sensibles,
        « Maîtres de l'air, tyrans des eaux,
« Qui rendez aux craintifs et timides vaisseaux
        « Les ondes fières et horribles,
« Non, non, vous n'êtes rien à côté de mes *vents* !!...
        « Mes Esprits sont tout-puissants !..
        « Avec vous *l'eau troublée*,
            « *Tourmentée*,
            « *S'épaissit*,
            « *Se sillonne*,
            « *Tourbillonne*,
            « *Et rugit* .....
« Sous mon *souffle* l'Enfer *fume*;
« Plein de fureur, il *écume* ;
            « Il *bondit*,
            « Il *se lève*
            « Et *soulève*
            « *Tout son lit.*

« Non ! non ! maîtres de l'air, puissants tyrans des ondes,
  « Non, non, puissants bourreaux,
« Qui rendez aux craintifs et timides vaisseaux
    « Les mers terribles et profondes,
« Non, non, vous n'êtes rien à côté de mes vents ;
    « Ils sont divins et tout-puissants !!!....

IV.

Ainsi chantait Satan. Soudain paraît un Ange :
— C'était l'ange du *deuil* mais non pas de la mort —
C'était un envoyé du Dieu puissant et fort.
« — *Maudit serpent,* dit-il, qui te plais dans la fange,
« Cesse de te donner une indigne louange !....
« Oui ! sans doute ! c'est toi, orgueilleux *Lucifer,*
« Qui viens de déchaîner tous les *vents* de l'Enfer
    « Contre ma pauvre France......
« Oui, méchant ! je le sais, tu désires sa mort,
« Et tu te réjouis de son funeste sort......
« Non, non, n'insulte pas à sa grande souffrance ;
« Si l'horrible fléau (1) alanguissant ses pas,
« Goutte à goutte à son cœur épanche le trépas,
« Si son âme flétrie, au bonheur étrangère,
« Est triste, gémissante, et languit de misère,
    « Si elle mouille de pleurs
« Sa couche abandonnée à l'Ange des douleurs,
« C'est qu'il est juste aussi le Dieu de la clémence ;
« *Son nom est la justice aussi bien que l'amour.* »
« Ainsi qu'à *la Salette apparaissant* un jour,

(1) Le fléau de la guerre.

« La Mère de l'*Amour* l'avait dit à la France.

« Mais le peuple en riait, incrédule, orgueilleux,

« Brisant tous les liens qui l'enchaînaient aux cieux.

      « Tu l'avais fait *impie* ;

« Tu l'avais fait tomber dans l'*incrédulité*,

« Aussi est-il tombé sous la *botte ennemie !* (1)

« C'est pourquoi l'Infortune étreint l'humanité

« Dans ses grands bras de fer, acharnée à sa proie,

« Tarissant dans les cœurs les sources de la joie.

« Le *juste* s'est armé : sur l'homme audacieux

« *Il a tendu son arc* ; *il a quitté sa tente*,

« Il a levé sur lui sa lance étincelante !....

« Le seul *Triomphateur*, oui ! c'est le *Roi des Cieux !*

« Non ! non ! il n'est pas mort le *Maître de la vie*,

« Comme tu l'inspirais à l'orgueilleux *impie....*

« Peut-il mourir Celui qui, sur le sein des mers,

« Où veille son regard, où son regard s'arrête,

« *Puissant dominateur* de la forte tempête,

« Sait des flots mugissants, par des ressorts divers,

« Soulever en courroux la masse bouillonnante,

« En disant ce mot seul : « Que la mer s'épouvante ? »

      « *La guerre à l'Éternel !*

« *Et pour le détrôner montons jusques au ciel !* »

« Sous ton souffle empesté ainsi chantait l'impie.

« L'*Éternel* ne meurt pas !.. Comme un feu dévorant,

« Qui porte le malheur sur les ailes du vent,

« Sur l'homme Il a passé pour *châtier* sa vie ;

(1) La botte prussienne.

« Il a brisé ses armes

« Et ne lui a laissé que deux ruisseaux de larmes !...

« Tu *soufflais* : « *Mort à Dieu* ! *Mort au Christ* ! » Oh !

          « Aussi juste que bon,   [non ! non !]

« Dieu ne pouvait souffrir le deuil de son Église,

« Ni ta langue, ô Satan, chez mes français admise,

« Ni la nuit descendue au nom de la clarté,

« Où l'assassin avait son hymne de victoire,

« Et la vertu sa honte, et le crime sa gloire,

    « Et quelquefois aussi sa sainteté........

« Tu régnais à Babel, dans cette Babylone,

« Où tu faisais frapper le Christ à la colonne

       « Par un peuple méchant, . .

      « Sceptique, indifférent.....

« Dieu devait châtier ce peuple *déicide* !...

« L'Ange exterminateur, de son glaive homicide,

« Devait laisser tomber.... oui, du sang ! oui, du sang !

      « Ah ! sans doute, Satan,

      « Tu croyais voir la France

« Disparaître soudain ! — car sa pauvre existence

« S'effeuille chaque jour, comme on voit dans les champs

« S'effeuiller les bluets sous les doigts des enfants.

« Détrompe-toi, Démon !.. Son étoile est vivante :

« Elle brille ! et la route à ses pieds est riante.....

« Non, la *Foi* n'est pas morte : elle ne meurt jamais !

« Des combats qu'on lui livre elle achète sa paix ;

« Du *tombeau* qu'on lui creuse elle sort *immortelle* ;

« Elle puise la *vie* aux sources de la *mort*,

« Et dominant les flots, s'avance vers le port,

« Radieuse des feux d'une gloire nouvelle.
       ‣ Dieu l'a dit : la France du *Grand Roi*
         « Retrouvera sa foi
         « Et reviendra vers moi ! »

« Aux clartés du Seigneur entr'ouvrant sa paupière,
« Et ravivée aux feux de la douce lumière
« Qui brille à ses regards de tous les points des cieux,
« Oui, elle laissera les sentiers malheureux
« Où s'égaraient ses pas, où languissait sa vie
« Triste comme un remords ou comme l'agonie.

« A son Dieu plein d'amour la France reviendra !
         « Elle ne mourra pas encore :
            « Oui, la France vivra !.....
« Dieu écoute la voix de celui qui l'implore ;
« Au repentir en pleurs le Christ ouvre les cieux ;
« Du pécheur pénitent il dissipe l'alarme,
« Et souvent un soupir, la plus petite larme
« Efface un *grand péché*, un forfait à ses yeux.

« Satan, sois confondu !... *Misericordieux*,
« Tel est aussi le nom du *Juste* qui châtie :
« Si Dieu t'a *condamné*, il *pardonne* à l'impie !
« Non, non, n'insulte pas à l'Ange des douleurs :
« Dieu essuiera bientôt mes larmes et mes pleurs !

      « Comment périrait-elle du reste
        « La *France de la Foi*,
        « La France du *Grand Roi*,
« Qui à ton règne impur doit être si funeste ?....

« Il est dit et redit que chaque nation,
« Comme chaque mortel a une mission.

« La France est le cœur du monde !....

« Mon espérance est profonde !....

« Je la vois s'avancer pleine de dignité

   « Vers une gloire immortelle !!!....

« N'en déplaise, Dragon, à la férocité

    « De ta rage éternelle,

    « Tu ne causeras point son trépas ;

    « Non ; la France ne périra pas :

« Le Seigneur a encor de grands desseins sur elle !

    « La France certes périrait,

    « La fin des temps arriverait.

« C'est au pied de la Croix qu'elle reçut naissance,

• Et elle fut virile aux jours de son enfance !

« Non ! non ! Satan, le fer de l'Allemand vainqueur

    « Ne la blessera jamais au cœur !

« La *France* restera ! Dieu veut que je le dise :

    « La France retrouvera la paix,

    « Et elle sera plus que jamais

« Le plus ferme soutien et appui de l'Église !

« Ah ! sans doute, démon, artisan des malheurs,

« Vieux dragon, vieux serpent, ô méchante vipère,

« Qui enfantas la mort et les grandes douleurs

« En tuant des *mortels* le trop malheureux père,

« Éternel ennemi du bonheur des humains,

« Oui, sans doute, ô monstre sanguinaire,

« Tu croyais *étouffer* la *FRANCE* entre tes mains,

« En conduisant l'*indigne* (1) aux champs de l'Allemagne

---

(1) Napoléon.

« Ou plutôt à *Sedan*, dans la haute Champagne,
« Dans cette affreuse guerre, où tu prévoyais bien
« Qu'il *capitulerait* l'hypocrite chrétien,
« Le bandit couronné qui voulait que le Pape
      « *Capitulât* devant sa *sape*
« En se rendant soudain à ses méchants bourreaux ;
« — Car, en désertant Rome (1) il livrait aux infâmes,
« A tous les précurseurs de ton fils l'Antechrist
      « Le bon Pasteur des âmes,
    « L'aimable vicaire du Christ. —

« Satan, tu as la foi ; les démons l'ont encore (2),
« Au lieu de *charité*, la *haine* te dévore,
« Car tu n'as pas l'espoir de retourner au ciel ;
« Eh bien ! dans cette foi toute pleine de fiel,
« Oui, tu savais fort bien que le *traître* et *l'indigne*
« Aurait pour châtiment une *défaite insigne* ;
« Et tu t'imaginais que la France avec lui
« Tomberait tout d'un coup de sa hauteur suprême :
« A *sa mort* tu croyais assister aujourd'hui !.....

« La France n'avait rien à craindre qu'elle-même.
« Sans doute Dieu a mis pour tout peuple hautain
« Une *grande misère* auprès d'un *grand destin* !...
« Quelque brillant sommet que l'orgueilleux gravisse,
« Ce n'est que la hauteur d'un fatal précipice ;
« Et sur terre joué le drame le plus beau
« Sur un *cercueil* toujours fait tomber le rideau...

(1) On sait que Napoléon fit retirer nos troupes de Rome au moment de la guerre.
(2) Les démons croient, mais ils n'aiment pas, dit saint Augustin.

« Mais aussi du CRIST-DIEU la parole féconde,
« Qui de son noir tombeau peut ranimer le monde
         « Mort par l'oubli de la foi,
« Seule encor peut, au bord du réduit funéraire,
« Dire au cadavre infect : « Écarte ton suaire,
« Au nom du Tout-Puissant, Lazare, lève-toi ! »

      « La France donc rouvrira sa paupière.
« Son peuple, Dieu le fit l'élu des nations.
« Non ; l'*erreur* n'eut jamais de racine immortelle
« Comme la *vérité* toujours vieille et nouvelle
« Qui mérite du ciel les bénédictions.

« Tu as beau faire, impur, le démon de l'envie,
« Qui avait aveuglé le César des Français
« En lui faisant commettre une faute *inouïe*,
         « Par laquelle tu commençais
              « A croire que la France
              « Était dans le tombeau,
« Tandis que seulement, ô barbare bourreau,
              « Elle est dans la souffrance,
« Non, non, tous tes démons ne réussiront pas.
              « Pour assouvir ta haine
              « Farouche et inhumaine,
              « A causer le trépas
              « De la *reine du monde !*....
« Dieu sait *extraire l'eau de la foudre du ciel* (1) :
« Il saura bien changer l'amertume du fiel
              « En la douceur du miel ;
« Il saura bien *guérir sa blessure profonde !*...

(1) *Fulgura in pluviam facit*, dit la Sainte-Écriture.

« Ne t'applaudis donc plus, orgueilleux Lucifer !...
« Cesse de te donner une indigne louange ;
« Non, ne m'insulte plus ; retourne, *impur archange,*
« Au séjour ténébreux, aux flammes de l'enfer ! »

CHANT DIXIÈME

RETOUR DE SATAN EN ITALIE AUPRÈS DU DÉMON DE LA HAINE.

1.

Ainsi parla l'Ange des larmes,
L'Ange de la douleur,
Qui avait vu Satan insulter au malheur
De la France aux abois, haletante, sans armes,
Et qui pour ce motif lui avait apparu.

Satan voulait parler ;.... l'Ange avait disparu :
Il avait à pleurer sur des monceaux de cendre,
Sur de pauvres humains qui survivant aux morts
Avec eux dans la tombe aspiraient à descendre,
Gémissant sous le poids des célestes trésors,
Sous la *Main* sans repos qui frappait leur visage,
Sous votre main, Seigneur, qui s'abattait sur nous,
Sous les foudres grondants de votre ardent courroux
Roulant sur notre front comme un souffle d'orage,
Nous faisant *justement* hélas ! verser des pleurs,

Comme en répand un homme accablé de douleurs
De qui l'âme ressemble à la mousse du fleuve,
Qui d'eau pure au matin se remplit et s'abreuve,
Et se gonfle, le soir, d'un gravier limoneux,
Quand le fleuve a passé sous un ciel orageux !....
       Telles étaient les peines
       Et toutes les douleurs
Que l'Ange de la France, Archange de nos pleurs,
Avait à déplorer sur les monts et les plaines.

II.

Satan ranime alors ses plus noires fureurs,
       Et tout rempli de rage,
Ne se possédant plus, du milieu du carnage, (1)
       Courroucé, furibond,
       S'élançant d'un seul bond,
Comme un affreux vautour, s'abat en Italie.

III.

— « Ah ! dit-il au démon de la haine, on défie
       « *Les portes de l'Enfer !*.....
« Quoi ! donc ! ne suis-je pas le puissant Lucifer ?...
« D'où vient donc, ô mon fils, d'où vient qu'on m'humilie,
« En disant sottement que l'ange de l'*Envie*
« Ne réussira point dans mes vastes desseins ?...
« Ah ! oui, nous verrons bien qui aura la victoire !....

(1) Le carnage de la guerre.

« Oui ! oui : j'aurai la gloire

« De mettre dans nos fers non pas tant les Romains

« Que ce *pape exécrable*

« Mon ennemi juré !... La France est aux abois !

« Son Ange protecteur attend un de ses *rois*

« Pour être son sauveur, son ami secourable ;

« Nous verrons si ce *roi* viendra nous détrôner !...

« La RÉVOLUTION ou la *grande anarchie,*

   « Voilà *Celle* que je veux couronner !....

« Elle dut l'existence à l'Enfer en *furie;*

« La *Discorde* à sa voix agite son flambeau,

« La *Révolte* obéit à son regard sinistre ;

« Son sceptre est un *poignard,* son trône est un *tombeau* ;

   « Le *Crime* est son ministre ;

   « Et son Génie inspirateur,

   « Son *Esprit-Saint* à elle (1)

« C'est l'Archange divin de la HAINE *éternelle,*

« C'est toi, mon fils, c'est toi, noble *cœur* de mon *cœur* !

« Si chez Dieu c'est l'*Amour,* chez Satan c'est la *Haine* !

« Oui : nous sommes la *haine,* et nous voulons haïr (2)

   « Cette église du Christ qui s'appelle *romaine* !

« Oui, oui, je l'ai juré ! je veux l'ensevelir

   « Sous les ruines de Rome !....

« N'avons-nous pas déjà le fameux *galant homme*

« Ou ce grand et fameux *soudard piémontais,*

« Qui a su profiter du malheur des Français,

« Et qui n'ayant plus peur de la *mourante* France,

« — Dont il avait raison de craindre la puissance —

« Gouverne en ce moment et siége au Quirinal,

(1). Quel blasphème !!!...

(2) Oui, s'écrie l'Internationale, et ce mot est historique.
— Oui ! oui ! nous sommes la haine et nous avons besoin de haïr.

« Noblement inspiré par l'Archange du *Mal*?...

. . . .

« O Grands Dieux de l'Enfer ! quelle *Cour* favorable
« Aux crimes des *brigands !!*... *Haine*, réjouis-toi !
« Nous avons pour ami le *magnanime roi* (1)
« Que l'*Envie* a courbé aux pieds de l'adorable
   « Et divine RÉVOLUTION !!!...

. . . .

   « Enfer, tressaille d'allégresse !...
« L'Ange qui des Français pleure la nation,
« Nous appelle *malice, arrogance, faiblesse*...
« Non, non ;... nous sommes *forts* !... Eh quoi ! n'avons-
« Surtout notre puissante *Internationale*   [nous pas]
« Pour détruire la France et *faire le trépas*
« *Du pape et de l'Église* ? (2). Elle est toute infernale
   « Cette admirable société...
« Du reste, c'est *ma fille* : elle nous est *soumise*,
« Elle nous *obéit* ; c'est pour nous *notre Église*
   « Pleine de haine et d'impiété !...

. . . .

« Oui ! oui ! nous sommmes forts ! notre fille est terrible ;
« *Forte* elle montera, indomptable, invincible,
   « A l'assaut de l'ordre social.
« La *torche* ou le *fusil*, voilà sa Croix à elle !
    « Son Dieu c'est *Bélial* !
« Son Dieu, c'est moi *Satan* : c'est la *Haine* éternelle :
« C'est toi, *mon Fils*, c'est toi *mon Saint-Esprit*,
« C'est en un mot l'*Enfer haïssant* Jésus-Christ ! »

(1) Quelle ironie satanique ! ..
(2) Langage de l'Internationale.

IV.

« — Mon Père, répondit le démon de la Haine,
« Tu dis la vérité ; je serai le bourreau
    « De l'Église romaine !...
« Déjà la France en deuil se débat à la chaîne,
« Et un baillon aux dents, agonise au poteau.
« Nous allons l'achever : je veux que l'*Anarchie*
    « L'étrangle ou la crucifie !...
    « Elle périra sans retour,
« Car nous avons pour nous le meurtre et l'incendie !
    » C'est aujourd'hui son dernier jour !...

« *Amen* ! *Amen* ! — reprit le prince des ténèbres, —
« Vive, vive Satan et son valeureux *fils* !
« Nous avons des poignards, nous avons des fusils
    « Et des torches funèbres !
    « Oui, qu'il en soit ainsi !...
    « Chantons, chantons ici
    « L'infernale victoire
    « Que nous aurons la gloire
« De faire incessamment remporter à nos preux :

« Divisons les Français, rendons-les malheureux.
    « Divisé contre lui-même,
« Inévitablement tout royaume périt.
« Oui ! oui ! il tombera le maudit diadème
« Du peuple *moribond* que le pape chérit !...

« Règne donc, ô mon fils, règne donc sur la terre :
« Puissant, distilles-y ton funeste venin ;

4

« Allumes-y le feu et le feu de la guerre
« Contre ce qui est *loi* et ce qui est *divin* !...
    « Grand ennemi des âmes,
« Embrase tous les cœurs de tes sublimes flammes !!....
« En France, en Italie et dans tout l'univers,
        « Rends-les farouches et infâmes.
        « Rends-les méchants, rends-les pervers,
« Et puis viens me rejoindre aux *célestes* enfers.
« J'y retourne à l'instant pour parler à mes Anges
« Dans la salle du *Trône* et du *divin Conseil* :
« C'est là que *Lucifer*, plus *fort* que le soleil,
« De ses vaillants guerriers publiera les louanges !!.. »

CHANT ONZIÈME.

SATAN ET L'ENFER.

———

I.

Il dit et redescend vers l'empire des feux. —
Tel qu'on voit au sommet du Vésuve fameux
    Une roche brûlante,
    Sous la lave fumante,
    Au fond du gouffre affreux,
Parmi des tourbillons de flamme et de fumée
Qui l'avaient rejetée à demi consumée,
S'élever et monter, puis rentrer en grondant,
Tel se plonge Satan dans le goufre béant
    Qui l'avait vomi sur la terre.

II.

Sur le seuil de l'Enfer il rencontre la *Mort*,
Ce fantôme hideux qu'il avait vu naguère
Sourire à son départ pour l'odieuse guerre

Qu'il allait faire au Christ, au Dieu puissant et fort.
Du Seigneur en effet la *Mort* est l'ennemie :
    Elle a une blessure au cœur
Qu'au haut du Golgotha lui fit le Christ vainqueur,
Le Dieu ressuscité, le Maître de la *Vie* ;
Et elle s'en souvient en la cachant toujours
    Avec sa main d'affreux squelette.
On la croirait aveugle, on la croirait muette,
On dirait qu'elle est sourde : elle entend tous les jours
    Le moindre bruit qui lui décèle l'être.
      Ses yeux lui font connaître
      L'insecte le plus vil,
      Même le plus subtil
    Qui est là-bas rampant sous l'herbe.
Si elle ne put rien autrefois sur le Verbe,
    Elle est reine aux Enfers ;
Son ténébreux royaume est le vaste univers :
Son front est couronné d'un changeant diadème,
Dont elle a dérobé aux peuples les joyaux
    Ainsi qu'aux princes royaux.
    Dans sa convoitise suprême,
    Elle se pare souvent
De lambeaux de la pourpre ou de la pauvre bure
Dont elle a dépouillé le riche et l'indigent,
Ne sachant épargner aucune créature.
    Elle se pare encore quelquefois
    De l'habit *religieux* ou *laïque*
Dont elle a dépouillé de sa main satanique,
Quand ils étaient tous deux fidèles à *leurs lois*,
Le *prêtre* et le *fidèle* à l'âme catholique.

C'est le *Crime* qui est le portier de l'Enfer ;

C'est lui qui en ouvre les portes
A toutes les personnes mortes
Dans les embrassements du méchant Lucifer ;
Et c'est la *Mort* qui les referme.

Par un certain amour affreux,
Ces deux fantômes monstrueux
. Avaient soudain connu le terme
Du voyage infernal de leur père Satan.

Aussitôt que la *Mort* de ses yeux infaillibles,
Eut aperçu de loin, semblable à un volcan
Qui lance par torrents des matières terribles,
L'ennemi des humains,
Le Dragon sanguinaire,
Elle vola vers lui en lui baisant les mains.
Toute pleine de joie, elle lui dit : « mon Père!.....
« O mon *prince*! ô mon roi !
« J'incline devant toi,
« Cette tête superbe
« Qui excepté hélas ! devant le maudit *Verbe*,
« Devant aucun *mortel* ne s'abaissa jamais !...
« Viens-tu rassasier la faim insatiable
« De ta *fille* la *Mort* qui est impitoyable
« Et n'aime point la *Paix* ? .... »

— « Oui, ô Mort ! tu seras vengée et satisfaite !
— Répondit Satan au squelette ;
« A la rage de ton impitoyable cœur
« Je livrerai bientôt le peuple de la France :
« Cette fois il sera tout en ta jouissance ! !...
« C'est le peuple du Christ ton unique vainqueur ;

4.

« Tu pourras revêtir ses dépouilles funèbres ;
« Sons ceptre que tu veux, tu l'auras désormais ! »

III

En prononçant ces mots, le Prince des ténèbres
Entre à l'affreux séjour où souffrent à jamais
Ses victimes en pleurs. Dans les plaines ardentes
Il s'avance à grands pas. A l'aspect de son roi
   Le gouffre est en émoi :
Le réprouvé ressent des peines plus cuisantes,
Alors qu'il pensait être au comble des douleurs.
Satan, accoutumé aux clameurs infernales,
Distingue à chaque cri et les *Sardanapales*
Et les hideux *Nérons* qui hurlent dans les pleurs.
Il reconnaît la voix du premier homicide.
   Du fond de sa prison livide
Il entend soupirer le *riche* cousu d'or
  Qui demande au *bienheureux* Lazare
Ce que lui refusait ce riche si avare
Quand vivant sur la terre il se trouvait encor.

Il rit aussi des pleurs du pauvre qui réclame,
Au nom de ses haillons, le royaume du ciel !....
« Insensé ! lui dit-il, téméraire mortel !
  « Tu croyais donc dans ton âme
« Que l'indigence seule à toutes les vertus
« Suppléait ?... Ennemi de l'ennemi Jésus,
« Tu pensais que les *rois* étaient dans mon Empire
« Et les *frères* ensemble autour de mon rival ?

« Ah ! soupire, soupire,
« Chétive créature, esprit ami du mal !!...
« Tu fus un *insolent*, un grand *menteur*, un *lâche*,
          « Un *envieux* sans relâche
          « De ce fameux *bien d'autrui*
          « Qui te condamne aujourd'hui.
« Tu haïssais l'*honneur* et l'*illustre naissance*,
« Excepté de l'*argent* la vile jouissance !
      « Tu étais ennemi de l'*éducation*
          « Honnête et religieuse ! .
« Tu voulais, sot mortel, dans ton âme orgueilleuse,
          « La grande *Instruction*
« *Gratuite, obligatoire et purement laïque*
          « Pour tes pauvres enfants,
« Au lieu de leur donner les grands enseignements
          « De la foi catholique
« Que je hais avec toi d'un légitime fiel !...
« Ouvrier fainéant, presque toute ta vie
          « Tu as été impie !...
« Non, tu ne pensais point au royaume du ciel !...

« Oui : *pauvre* tu étais ; mais tu portais envie
          « A l'or et à l'argent
          « De l'honnête capitaliste,
« Avec qui tu voulais, *paresseux* indigent,
« Audacieux *coquin*, insensé *communiste*,
          « Partager tous ses biens,
« Comme faisaient jadis tous les premiers chrétiens,
« — Mais bien différemment des *modernes vauriens* !...

« Oui : *pauvre* tu étais ; mais pas *d'esprit et d'âme*
« Dans ton cœur vicieux tu nourrisais, infâme,

« Le feu de la *cupidité*!....

« C'est pourquoi, gros filou, en présence du riche

« Que tu persécutais et tu appelais *chiche*,

« *Grand voleur*, tu criais : « *Vive l'égalité* !

« Tu n'étais qu'un maraud et tu veux des couronnes !...

« Ah ! brûle, brûle ici dans mes feux éternels !....

« Les flammes de l'Enfer pour toi sont assez bonnes !

« Le gouffre de Satan est pour les sots mortels

« Qui vivent comme toi dans la fière insolence !...

« Ah ! brûle, brûle ici avec cette *opulence*,

« Qui pour les *communards* sans nulle humanité,

    « Fit très-bien de t'éloigner d'elle,

      « Mais qui par charité,

      « Te devait comme *telle*,

« — Riche comme elle était — un habit et du pain ! »

IV

    Du milieu de leurs flammes,

Un monde tout entier de malheureuses âmes.

    Criaient à Satan, mais en vain :

« — Nous t'avons *adoré*, Monarque des abîmes,

« Nous avons perpétré tous les monstrueux crimes

« Que tu nous inspirais, superbe Lucifer ;

« Pourquoi donc ta présence au milieu de l'Enfer

« Nous fait-elle sentir des tourments plus terribles?

« Nous t'avons *obéi* : pourquoi nous presses-tu

    « D'un aiguillon plus aigu,

« Nous retenant, maudit, dans ces flammes horribles ? »

    Et l'archange orgueilleux,

    Passant au milieu d'eux,

Comme un affreux lion des sables de l'Afrique
Au milieu des noirs africains,
Leur répondait à tous d'une voix ironique :
« Au Christ, audacieux humains,
« Vous m'avez préféré ! partagez mes délices
« Et mes honneurs royaux :
Les flammes de l'enfer et ses tendres supplices,
« Voilà vos vrais *joyaux* !! »

CHANT DOUZIÈME.

SATAN ET L'INFERNAL SANHÉDRIN.

———

I.

Et en disant ainsi, dans les plaines ardentes,, —
Il s'avançait toujours, regagnant son palais.
Au centre de l'enfer, sur des roches brûlantes,
    Inextinguibles à tout jamais,
Au pied d'une rougeâtre et stérile colline,
Sur des rocs calcinés où ne croit que l'épine,
Où rôdent des furies et rampent des serpents,
    Au centre de l'abîme,
    Sur une horrible cime,
Au milieu d'une immense et bouillonnante mer
Qui roule incessamment et du sang et des larmes,
S'élève un *château noir* : c'est là que Lucifer,
    Monarque de l'Enfer,
    A son trône et ses armes.
Sur le donjon fumant de ce brûlant château,
Dont les murs embrasés brûlent sans se dissoudre,
Flotte un vieil étendard : c'en le *rouge drapeau*

De l'*Orgueil,* à demi consumé par la foudre.
Satan arrive enfin à son palais royal.
« Redoutables gardiens des vastes galeries
   « *Du palais infernal,*
Dit-il en arrivant aux terribles furies,
Qui lui avaient ouvert le grand portail d'airain
Lequel ouvre et ferme sa demeure,
 « Au palais de Satan, il faut que tout à l'heure
 « Les esprits de l'enfer, dans le grand Sanhédrin
 « Se trouvent réunis... Convoquez tous mes Anges !
 « Il faut qu'ils viennent tous de chaque légion,
   « Tous sans exception,
  « Célébrer ici les louanges
   « Des *portes de l'Enfer* !.....
 « Partez donc et volez, courriers de Lucifer !..

II.

Il dit ; et au travers de la flambante houle
Les vautours infernaux soudain prennent l'essor,
Fidèles messagers du *Père de la mort..*

Au palais de Satan ils reviennent en foule,
Non pas trois, non pas sept, ils sont bien plus nombreux —
Mais en nombre infini, en nombre incalculable.

Les voilà tous entrés au palais ténébreux,
Dans le vaste Sénat du prince formidable.

Ils se placent autour sur les gradins brûlants
   Du sombre amphithéâtre.
Ils viennent tous avec cet aspect tout rougeâtre

Que montrent des volcans les cratères ardents,
  Et tous encor tels qu'ils sont sur la terre,
Adorés, *obéis* des coupables mortels.

  Ici rugit le démon de la *Guerre*.
Là grince, dédaigneux, l'ennemi des autels,
Le furieux démon du méchant *Athéisme*
Qui tient toujours la main du *Matérialisme*.
Là rugit, furibond, ennemi de la paix,
    Recherchant toujours les ténèbres,
    Un Génie aux ailes funèbres,
      Ne souriant jamais :
C'est le cruel démon de l'affreuse *Discorde*,
Éternel assassin de la belle concorde.
Côte à côte de lui est un démon pervers
      A la démarche altière,
Ne le quittant jamais : c'est son ami, son frère,
Voyageant avec lui dans l'immense univers
Sans trève ni repos ; ce Génie en furie
C'est l'horrible démon de l'affreuse *Anarchie*.
•Là aussi, revêtant mille masques divers,
Rugit l'*Ambition* ; là se trouve l'*Envie* ;
Là se trouve l'*Orgueil* avec ses compagnons.
Ils sont là en un mot tous les affreux démons,
Que possède l'Enfer, venus à la parole
De leur roi. Tous ces bruits qui ébranlent les monts,
Ces grands ébranlements qu'opère le pétrole,
Les trônes, les autels croulant avec fracas,
Ces grands déchirements qui affligent la terre,
L'incendie allumé par les feux du tonnerre,
Les citoyens souillés des plus noirs attentats,
Contre eux-mêmes s'armant des torches de la guerre,.

Tels sont les noirs forfaits, tous les crimes enfin
Qui sont représentés au vilain Sanhédrin.

III.

Non plus comme cet astre du matin
Qui nous apporte la lumière,
Dans sa bienfaisante carrière,
Mais horrible et semblable à cet astre effrayant
Qui s'appelle Comète,
L'*Ange déchu* s'assied sur son trône brûlant.
Tel qu'on voit sur la mer pendant une tempête,
Au dessus des autres flots,
S'élever une vague en courroux bouillonnante,
Et de sa cime écumante
Menacer les matelots,
Ou tel que dans un bourg embrasé on remarque,
Au milieu des maisons tout en feu, une tour
Dont les flammes tout autour
Dévorent le sommet, tel paraît le Monarque,
Le prince des enfers, le prince des démons,
Au milieu de tous ses compagnons :
« *Archanges*, leur dit-il, *Milices* invincibles,
« *Trônes*, *Ardeurs*, *Vertus*, *Puissances* inflexibles,
« Guerriers de Lucifer, *Chérubins* généreux,
« *Séraphins* valeureux,
« Semant la mort et l'épouvante,
« Race illustre et indépendante,
« *Génies* inspirateurs des nobles attentats,
« Laissez-vous aller tous à la réjouissance !...

« Nous allons recueillir le fruit de nos combats.
« Et de notre infernale et divine constance
« A *souffler* le désordre et les assassinats !...
« Tressaillez d'allégresse, enfants de la patrie,
        « Le jour de gloire est arrivé ! ...
« Le superbe étendard de la noble *Anarchie*
« Tout sanglant contre Dieu sera bientôt levé !...
« Oui je suis *LUCIFER* (1) qui porte l'incendie
        « Au milieu des mortels !...
« Oui, je suis *Lucifer qui porte le pétrole*
        « De l'un à l'autre pôle,
« Et je m'en servirai contre tous les autels
« Du Christ notre ennemi ; oui, voilà ma *lumière*,
« Et je la *porterai* dedans l'Europe entière,
        « Non plus pour des bienfaits,
        « — Ce n'est plus là ma carrière, —
« Si je suis *Lucifer*, c'est pour les seuls forfaits,
« Je suis le DIEU du *Mal* !!!... Oui ! j'ose vous le dire,
« Magnanimes enfants de l'infernal Empire,
« De moi vous avez lieu d'être tous satisfaits.
« Depuis que j'ai brisé le joug du Dieu barbare,
« Qu'on voulait — impudents !... — oui, me faire adorer,
« Et que puissant Dragon je n'ai pu dévorer
« Puisqu'il nous a jetés dans ce brûlant Tartare,
« Dites-le moi, guerriers, compagnons de Satan,
« Archanges, comme moi ennemis du *tyran*, (1)
        « De ce pouvoir insigne,
« Qu'au royaume des feux vous m'avez confié

(1) Qui porte la lumière.
(2) Dieu.

« Pour abolir la croix du Dieu crucifié,
« En tout temps, en tout lieu, n'ai-je pas été digne ?...

« Puissants archanges des enfers,
« Je vous ai soumis l'univers !...
« Vous entendez ici les soupirs et les plaintes
« Des descendants de ce mortel (1)
« Qui devait, au séjour des félicités saintes,
« Sans passer par la mort, bienheureux, immortel,
« Vous remplacer au ciel !...
« Mais je l'ai fait mourir ; et je m'en félicite ;
« Nous tenons aujourd'hui cette race maudite.
« Jadis, pour la sauver, notre persécuteur
« Fut forcé d'envoyer son Verbe sur la terre.
« Il a paru ce Christ, ce grand perturbateur
« Pour nous livrer la guerre.
« Il a osé ici sans crainte pénétrer ;
« Jusqu'en notre demeure il a osé entrer ;
« Et si vous eussiez tous secondé mon audace,
« Magnanimes guerriers, indépendante race,
« En le chargeant de fers
« Nous l'aurions retenu au fond de nos enfers !...
« La guerre était alors à jamais terminée
« Entre le Christ et nous, et ici superflus
« Seraient tous nos discours !... Cruelle destinée !...
« Non : cette occasion favorable n'est plus,...
« Et c'est ce qui nous force à reprendre les armes...

« Consolons-nous toutefois.
« Je viens de parcourir un pays en alarmes,

_____

(1) Adam.

« Complétement aux abois.

« C'était le seul pays que nous eussions à craindre :

« De l'Église en effet il était le soutien ;

    « Sur lui nous ne pouvions rien,

    « Et lutter, sans enfreindre

« Les lois de la prudence, Archanges mes amis,

« Certes, nous ne pouvions : c'étaient nos ennemis,

« Mais seulement jadis !... Depuis que j'ai fait ceindre

« A la *Démagogie* ayant des sentiments

    « Frères en tout de nos ressentiments,

      « Le puissant diadème

« Que portait fièrement dans son orgueil suprême,

« Le César démocrate, Archanges des enfers,

« Vous pouvez tressaillir d'espérance et de joie :

« Nous règnerons bientôt dans le vaste univers !..:

« *La France des Bourbons et des hommes pervers*

    « Sera sans tarder notre proie,

« Quoi qu'en dise le sot archange des douleurs

« Qui pleurant aujourd'hui les immenses malheurs

    « De sa piteuse France

    « En complet désarroi,

« Ose nous menacer de la forte vengeance

    « D'un futur et grand roi !. .

— « Ah ! ah ! nous verrons bien si la forte puissance

« De l'Enfer en courronx ne dominera pas !»

— « Interrompit soudain le démon de la *Haine*.

— Oui ! oui ! reprit Satan, de l'Église romaine'

    « Je prédis le trépas :

« La France périssant, oui : périr doit l'Église !. .

« Je suis content de vous, magnanimes soldats,

« Vous avez de Satan combattu les combats.

« Je suis content de vous, *Paresse* et *Gourmandise*,

    « *Colère, Envie, Orgueil,*

    « *Avarice et Luxure !*

« Vous avez attiré dans le fatal écueil

« Les cœurs que vous avez d'une ardeur sans mesure

« Embrasés dans les feux d'un *amour* tout païen :

« Vous leur avez ravi le sentiment chrétien,

« Vous les avez rendus sans foi et sans morale ;

    « Notre doctrine infernale

« Vous leur avez donné : Archanges, c'est très-bien !...

    « Je vous bénis, je vous adore !....

« Mais, grands Dieux de l'Enfer, ce n'est pas tout encore ;

    » Pour perdre la France entièrement,

    « Il faut tuer son âme : (1)

« Tâchons de lui donner notre gouvernement,

« Pour sceptre le *fusil*, et pour couronne infâme,

    « Le *pétrole* et sa *flamme*

« Brûlant la grande ville aux immenses contours,

« Océan de palais, d'églises et de tours !!!.,.

IV.

    — « Oui : que la plèbe pervertie

    « Soit une esclave assujettie

    « A de perfides coffres-forts,

    « Et n'offre sa main meurtrière

    « Qu'à ceux dont l'or incendiaire

    « Fait couler le vin à pleins bords !!!...

(1) La Capitale.

*
* *

« Oui ! que la corruption effrénée
« Fasse un très-rapide chemin !
« Oui ! oui ! que le vice de la journée
« Soit la vertu du lendemain !
« Que du peuple la main par la *Haine* égarée
« Brise et brûle toute image sacrée !...

*
* *

« Oui, oui : que Dieu leur soit suspect !
« Oui : que d'eux seuls ils soient *idolâtres* ;
« Que les femmes pleurent aux théâtres
« Et partout ailleurs aient l'œil sec
« En versant le *divin pétrole*
« Et proférant cette parole :
« *Brûlons Églises et palais !*
« *A bas la tyrannie !*
« Sortons de la misère et de l'ignominie !
« Anéantissons-les... oui, oui : *à tout jamais !*

V.

Ainsi chanta l'Esprit du *Matérialisme*,
Interrompant Satan qui attentivement
L'écoutait tout ravi, avec contentemĕnt.

*
* *

— « Oui ! oui ! continua l'Esprit de l'*Athéisme*,
« A bas, à bas le Christ et sa religion !

« Que sa croix à jamais se trouve condamnée
        « Par la sentence du haillon,
« Et que sa cendre illustre et sainte, profanée,
        « Soit le jouet de l'Aquilon !...

*
* *

— « Oui ! oui ! continua l'Esprit de l'*Homicide*
D'un geste furieux, d'une parole avide,
        « Levant ses bras tout teints de sang
Et poussant avec rage un soupir menaçant, —
    « Oui ! qu'à la voix de tribuns farouches
    « La mort sorte de toutes les bouches !...
    « Je suis impatient de me précipiter
        « Sur le grand peuple de la France !...
        « Comme un vautour qui se balance,
« *Ardeurs,* me voyez-vous ? Oui : je veux me jeter
« Sur le peuple du Christ !... Ni ses cris lamentables
            « Ni ses prières détestables,
    « Non, non : rien ne pourra m'arrêter ;
        « Mes flèches sont trop rapides,
        « Et mes ailes trop avides
« De se désaltérer dans le sang des chrétiens !

*
* *

        — « Oui : dans le sang de ces *vauriens* !!...
S'écria tout-à-coup le démon de la *Haine,*
Dans une langue infâme et de fiel toujours pleine,
— « Car moi aussi, dit-il, au fond de cet enfer
    « J'ai besoin de leur sang, j'ai besoin de leur chair
    « Dans ma faim qui toujours demeure inassouvie !...
    « Je le dis sans rougir, c'est mon *Eucharistie :*

« Tout en les haïssant,
« Je dévore leur *chair*, je savoure leur *sang*.
« Oui : désaltérons-nous dans le sang des infâmes !...
« Oui : apaisons ces feux et ces cruelles flammes
« Qui nous dévorent tous dans l'abime des pleurs !..
« Oui ! oui ! je veux le sang de la grande *canaille*
        « Que j'appelle *prétraille* : (1)
« Qu'il n'en reste pas un pour pleurer leurs douleurs !..»

*
* *

— « Illustre chérubin de la *Haine* superbe,
        « Grand ennemi du Verbe
    ,.. « Et de ses infâmes adorateurs,
« Tu seras satisfait dans tes désirs louables :
« Derrière l'Apennin n'as-tu pas Mazzini (2)
        « Et ce nombre infini
        « D'hommes criminels et coupables
« Qui tous sont tes suppôts selon ton noble cœur?
        Lui répondirent en chœur
Les sept frères démons inspirant les sept crimes
        Qu'on appelle péchés capitaux
Et qui sont tous les sept les sept enfants jumeaux
        Du prince des abimes.
        « Et dans la France encor,
« Ne sais-tu pas que d'un commun accord,
« De toutes les *vertus* magnanimes apôtres,
        « Fidèles enfants de Lucifer,
    « Nous avons fait caresser l'Enfer

(1) Style communard et expressions de Mazzini.
(2) Il n'était pas encore mort.

« A ceux qui sont aujourd'hui les nòtres,
« Oublieux, grâce à nous, des maux qu'ils ont souffert ?
« Nous leur avons donné le fatal héritage
« De ceux qui aujourd'hui gémissent avec nous :
« Nous les empêcherons de tomber à genoux
« Devant la vérité qui sur les flots surnage.

  « Nous les avons faits *libres penseurs*

  « Nous les avons faits *libres-viveurs* ;

« Oui, nous les avons faits adorant la matière,
« Assassinant le Christ, cultivant les faux biens,
« Abandonnant la foi pour ce qui est poussière :
« Par le nom seulement ils resteront chrétiens.
« Tu les gouverneras, grand Esprit de la *Haine* ;

  « Ils sont les tiens.

« Nous les avons livrés à ton vaste domaine.

  « Sur ces *vauriens*-

  « Que tu appelles *prêtraille*,

« Nous en sommes certains, oui : ils se jetteront ;

  « Ils les *fusilleront*....

« Encore un peu de temps et tu feras ripaille !... »

 . . . .

 . . . .

 . . . .

    ⁎

— « Archanges, c'est assez : c'est très-bien, mes enfants,
— Reprend en finissant le prince des ténèbres,
« Oui, ardents *chérubins*, vous êtes plus célèbres
« Que vous n'étiez jadis ! Vous êtes plus brûlants
« Que les Ardeurs des cieux !.. Vous serez triomphants,
« Magnanimes démons !... Oui ; vos ailes funèbres

« Couvriront la terre avec les mers ;
« *Trônes*, vous régnerez du fond de ces enfers !....
  « Nous ressaisirons notre vengeance,
  « Et nous renverserons la puissance
« De ce grand ennemi qui veut nous défier.

« Oui, sur vos *apostats* et les âmes *rebelles*,
  « Et sur tous vos chrétiens *athées* et *infidèles*
      « Mon espoir ose s'appuyer !....
« Archanges de l'Enfer, déployez donc vos ailes,
  « En France partons tous, nous vaincrons, nous vaincrons,
  « Et du pape maudit, oui, nous *triompherons* !... »

VI.

Ainsi parle le roi des flammes éternelles,
      Ce fameux père du mal,
      Ce grand Esprit infernal
Qui jadis vit le Christ son vainqueur invincible
Briser avec sa croix les portes de l'enfer ;
      Ainsi parle l'orgueilleux Lucifer,
          Cet ennemi inflexible
          Et de l'Église et du Seigneur ;
          Ainsi parle cet archange rebelle,
          Cet infâme blasphémateur
    Vaincu du Christ dans la nuit éternelle,
      Ainsi parle Satan aux anges infernaux.

Trois fois il prend son sceptre et en frappe son trône ;
Trois fois l'horrible creux des ardents soupiraux
De ce bruit de volcan en mugissant résonne.

Le signal est donné. Soudain les légions
Désertent le Conseil pour la salle des armes.

> Leurs nombreux bataillons
> Marchent par millions.
Ils traversent la mer des bouillonnantes larmes.
Lucifer les conduit. Ils arrivent au fort
Qui est toujours gardé par le *crime* et la *mort.*

* *

— « Partez, partez pour les terrestres plages,
« Faites gronder vos terribles orages,
> « Magnanimes enfants
> « De la forte patrie !....
« Allez en France, allez en Italie,
« Et revenez ici vainqueurs et triomphants !....
« Partez, partez pour les terrestres plages,
« Faites gronder vos terribles orages !... »

Ainsi chanta le crime sans remords,
Ainsi chanta l'impitoyable *Mort* ;
> Ces deux horribles fantômes
Concierges de l'enfer, grands ennemis des hommes ;
> Ainsi chantèrent-ils tous deux
> D'un sourire des plus affreux
Quand ils virent sortir les torches enflammées
Que portaient de Satan les nombreuses armées.

* *

— « Partons, partons ! — répétèrent en chœur
Les nombreux bataillons du *serpent tentateur,*

« Partons, partons pour les terrestres plages !

» Faisons gronder nos terribles orages,

   « Magnanimes enfants

    « De la forte patrie !!!...

 « Allons en France, allons en Italie,

« . Et revenons ici *vainqueurs et triomphants !*

« Partons, partons pour les terribles plages,

« Faisons gronder nos terribles orages !...

*
* *

« Satan l'a dit : *nous vaincrons ! nous vaincrons !*

   « En France en Italie,

    « Donc nous triompherons !....

  « Allons, enfants de la patrie !

  « Le jour de gloire est arrivé !....

  « Voyez de la belle *Anarchie*

  « Le noble étendard tout levé

  « Déjà resplendir de gloire !....

   « Aux armes, fiers démons !

   « Formez vos bataillons !...

« Marchons, marchons! nous aurons la victoire !

« Satan l'a dit, *nous vaincrons, nous vaincrons !* »

. . . .

. . . .

. . . .

CHANT TREIZIÈME.

SATAN ET LA COMMUNE.

———

I.

Ainsi hurla l'Enfer ; tel fut son chant de guerre.
En achevant ces mots il arrive en la terre :
Il s'abat sur Babel.... Cruelle *invasion*
Des Allemands vainqueurs amenant la misère,
Non, non, tu n'étais rien, rien en comparaison
   Des armées innombrables
   Des enfers redoutables
   Répandant la terreur
En notre pauvre France, où régnaient ces *harpies*,
   Ces hideuses *furies*,
Ces *monstres* que Satan en sa noire fureur
  Contre nous tous tant que nous sommes,
Avait su enfanter pour le malheur des hommes !...
   O rage du *Prussien*,
   Non, non ; tu n'étais rien
A côté des fureurs des hordes infernales !
Tu n'étais pas l'Enfer, la *Commune* l'était !

Dans ses criminelles saturnales,
C'était le Christ qu'elle combattait ;
Toi, tu n'en voulais qu'à la France !...

. . . .

. . . .

II.

Muse sainte, aide-moi de toute ta puissance !
Ranime mes esprits et soutiens-les toujours :
J'ai ici à verser des larmes abondantes
Sur les plus mauvais temps, sur les plus tristes jours !...
J'ai à pleurer du sang et des flammes ardentes,
J'ai à pleurer des plaies encor toutes saignantes,
Ouvrage monstrueux des infernaux vautours,
Et des cendres, hélas ! encor toutes fumantes,
Et des morts, et des morts !!!.... je tombe évanoui...
Soutiens-moi, muse sainte, aimable sœur de l'Ange,
Relève-moi devant ce spectacle inouï !....
Je ne traînerai point ta robe dans la fange,
Comme a fait le *poète aux accents communards* (1) ;
Je hais trop de Satan les hideux étendards,
Je hais trop du pervers l'aveuglement étrange !...
S'il chantait pour l'*Enfer*, au pied du saint autel
Auprès de JÉSUS-CHRIST mes chants sont pour le *Ciel !...*

1. Victor Hugo dans son *année terrible.*

III.

C'était le *dix-huit mars* de la terrible année.
— O *Commune*, sois donc à jamais condamnée !...
L'Enfer avait vaincu les Anges du Seigneur.
Les saints Anges gardiens, tristes, versaient des larmes :
    Ils avaient la douleur
De voir ceux qu'il gardaient sous les coupables armes
Du prince des enfers qui régnait à Babel.

Ils allaient et venaient, ces hommes sanguinaires,
    Ennemis de l'autel,
    Ressemblant aux panthères,
Aux tigres, aux lions, disciples de l'enfer,
    N'écoutant que Lucifer,
Satan, leur roi, leur dieu... Ouî, je t'ai vue, athée,
    Ivre d'un coupable bonheur,
    Dans ma patrie ensanglantée
    Semer le deuil et la terreur,
Oui infâme *Commune*, exhalant le blasphème,
T'attaquer je t'ai vue, au grand Être Suprême,
Impie, en t'écriant : « S'il est un Dieu, pourquoi
   « N'ose-t-il donc sur moi
   « Lancer sa redoutable foudre,
   « Lorsque je vais réduire en poudre
   « L'arche et les tables de la Loi ?.....

. . . .

Oui, pendant deux grands mois, sur un maudit théâtre
    Élevé par tes factieux,
Je t'ai vue enseigner à la France idolâtre

Un nouveau culte et d'autres dieux,
Tandis que la chrétienne et véritable France
S'indignait de voir ta licence
Profaner son beau nom saintement respecté,
Et de tes infernales chaînes
Lier des victimes humaines
A l'autel de la Liberté !....

   . . . .

IV.

Quoi ! tu voulais qu'en France au seul Dieu de nos
      Nous cessassions de sacrifier,   [pères
Et qu'à tes désolantes chimères
Notre malheureux cœur osât se confier !
Tu ne savais donc pas que Dieu mit dans notre âme
Le sublime foyer d'une céleste flamme ?...

         *
       * *

« Des jours de notre adversité
« Lui seul écartera le nuage
« Et fera briller pendant l'orage
« Un rayon d'immortalité....

         *
       * *

« A l'objet éternel de nos justes louanges
« Nous rendrons en tout temps un légitime honneur ;
« Notre âme servira et louera le Seigneur
« Pour partager la gloire et des Saints et des Anges.

*
* *

« Heureux qui du Ciel occupé
« Et d'un faux éclat détrompé
« Sait mettre en Jésus-Christ toute son espérance !
« Dieu protége la vérité
« Et saura prendre la défense
« Du juste que l'impie aura persécuté (1).

*
* * .

« Il prévient nos besoins, il·adoucit nos gênes ;
« Il assure nos pas craintifs ;
« Il délie, il brise nos chaînes,
« Et nos tyrans par lui deviennent nos captifs ! »

V.

Ainsi chantaient les bons, pendant que la *Commune,*
Triomphante au pouvoir, se croyant en fortune,
Joyeuse trépignait sans le moindre remords
La tombe des dieux morts,
Afin que réveillées, leur fétide poussière
Vint usurper le jour de la *Vive Lumière*
Et vouer à l'oubli son autel déserté,
Comme si JÉSUS-CHRIST, Roi de l'*Éternité*
Mourait !!! . . . .
« Il ne meurt point le Créateur du monde,

(1) Cantique de J -B. Rousseau.

« Celui qui a créé le ciel, la terre et l'onde,
    « Et qui, tranquille au haut des airs,
    « Anime d'une voix féconde
« Tous les êtres semés dans ce vaste univers ! »

VI.

Ainsi disaient toujours devant le tabernacle
            Les justes prosternés,
            Quand un affreux spectacle
Vint tout-à-coup frapper nos grands yeux étonnés,
Alors que méchamment la discorde fatale,
            Courant à pas précipités,
Secouait son flambeau ou sa torche infernale
            Sur nos champs et sur nos cités.

. . . .

Ah ! tombez, saints martyrs, vénérables lévites,
            Sur les marches de l'autel !.....
Oui ! tombez sous les coups de ces Amalécites
Ennemis du Seigneur, ennemis d'Israël....

. . . .

Mourez pour Jésus-Christ, ô *Prélat* vénérable ! (1)
Achetez aujourd'hui une gloire durable
Au prix de votre sang, dans le sein des élus !..:..
Mourez, ô saint martyr, la mort inexorable
De son fer meurtrier ne vous touchera plus !...,
Vous êtes immortel dans le sein de la gloire
        Bien loin du vallon des douleurs,
Avec les deux *Denis* vos saints prédécesseurs, (2)

1. Mgr. Darboy.
2. Saint Denis premier évêque de Paris et Mgr. Denis Affre.

Et je chante en ce jour votre *sainte mémoire !*

. . . , ...

Et vous aussi, mourez, mourez pour Jésus-Christ,
O vous, ses compagnons de céleste victoire !
Ministres du Seigneur, mourez, nobles proscrits !
Voici, nobles martyrs, voici le jour propice
Où votre Dieu, pour qui vous avez tous souffert,
Va vous tirer soudain de l'affreux précipice
    Que des monstres vous avaient ouvert !....
Allez, allez au ciel ressentir de la grâce,
        L'intarissable écoulement ;
Allez-y contempler votre Dieu face à face,
L'éternité pour vous ne sera qu'un moment !....

. . . .

Et vous aussi, mourez, enfants de *Saint-Ignace !*
Auprès des saints martyrs vous avez votre place.
Mourez pour Jésus-Christ votre place est au ciel !
Ne craignez pas de boire au calice du fiel !...
Assez de vos bourreaux la superbe licence
       Arma la lâche impiété ;
Assez nous avons vu votre pure *innocence*
       En proie à leur férocité !
Compagnons de Jésus, qui fîtes sa conquête
      Par vos larmes et vos travaux,
Il est temps, il est temps que le Seigneur arrête
      L'insolence de vos rivaux !
      Parmi les célestes milices,
Allez, ô saints martyrs, prendre part aux délices
      De ses combattants épurés,
Tandis que dans l'enfer aux éternels supplices,
Les soldats de Satan seront un jour livrés !...

. . . . , . .

Mourez aussi pour Dieu, enfants de *Dominique !*
Sous les coups furieux du peuple satanique
Tombez, tombez martyrs, nobles Dominicains !....
  Tombez, tombez entre leurs mains !....
Le Seigneur vengera lui-même sa querelle
En couvrant justement cette troupe rebelle
  D'horreur et de confusion,
En voulant que la gloire et la mort du fidèle
Consomme le malheur de la rébellion !.....

 . . . .

Et vous aussi pour Dieu donnez toùs votre vie,
Enfants des *Sacrés-Cœurs de Jésus et Marie,*
Saints martyrs de *Picpus* ?.... A pratiquer sa loi
Le ciel vous excitâit ! aujourd'hui votre foi,
  ′ Dans le sein d'un Dieu favorable,
Va vous faire goûter un bonheur ineffable
Qui sera à jamais le prix de vos combats :
Mourez, mourez pour Dieu, vous étiez ses soldats !!...

 . . . .

Et vous, *Frères* aussi, bons *Maîtres* de l'enfance,
Tombez nobles martyrs, mourez pour votre Dieu !
Vous prêchiez Jésus-Christ aux enfants de la France,
Vous le faisiez prier en tout temps, en tout lieu !...
Dans son impiété barbare et tyrannique,
La plèbe avait pour vous un dédain satanique ;
C'est pourquoi contre vous elle lança ses traits :
Elle vous condamna par d'injustes décrets :
Mourez, mourez pour Dieu !.... de l'homicide envie
  Contre votre vertu poursuivie
Les traits dorénavant ne seront plus lancés,
Et les dignes travaux de votre belle vie

De la gloire des saints seront récompensés!...

. . . .

. . . .

Tombez, tombez enfin, respectables victimes,
O vous tous du devoir magnanimes martyrs!...
Cessez, cessez vos pleurs!... vos âmes sont sublimes,
Dieu récompensera vos généreux soupirs!...
      Loin de cette terre funeste
      Transporté sur l'aile des vents,
      La main de votre ange céleste
Vous ouvrira, chrétiens, la terre des vivants!...
Comme on éprouve l'or dans l'ardente fournaise,
Le Christ vous éprouva dans les cuisants ennuis ;
      Mais aussi la patience l'apaise.... .
Mourez donc, car les jours viennent après les nuits !
Ne vous demandez pas que deviendra la mère :
De vos veuves le Christ sera le bon époux ;
En lui vos orphelins retrouveront leur père,
      Et Dieu par un châtiment sévère
Confondra les méchants conjurés contre vous !...
Oui ! tous, mourez, mourez, ô *prêtres* et *fidèles !*
Mourez, mourez pour Dieu et pasteurs et brebis,
      Vos âmes sont immortelles !
Non ! non ! *ne craignez point* vos cruels ennemis,
      Ces monstres hideux et infâmes
      Qui ne peuvent tuer les âmes :
      Le paradis vous est promis !...
Oui ! tous, mourez, mourez, ô prêtres et fidèles,
      Sur les *herbes vertes* éternelles
      En paix vous vous reposerez,
      Et rois au Ciel vous régnerez !...
Mourez donc, du malheur victimes passagères,

Au Ciel vous volerez dans des bras paternels ;
Voyageurs d'un moment aux terres étrangères,
Mourez, mourez pour Dieu, vous êtes *immortels*
            C'était pour détruire la France·
Et l'Église du Christ que le méchant enfer
Sur vous tous avait fait retomber sa vengeance,
En venant à Babel, conduit par Lucifer :
C'était pour renverser notre pauvre Patrie .
Et plus facilement notre mère chérie
L'Église du Seigneur, qu'il fit à ces mortels
Français dénaturés allumer l'incendie,
Qui devait du Très-Haut abolir les autels !
Oui ; c'était pour cela qu'oppresseur de la terre,
Il leur fit de l'olympe usurper le tonnerre !..∴
Tombez donc foudroyés !... Mourez, mourez pour Dieu,
            O Martyrs de la France !
Il nous faut votre sang : votre sang en ce lieu
A de nouveaux Français saura donner naissance !...
            Il sera la semence
Des héros qui seront de notre nation
            La grande délivrance ! ...
Mourez, mourez pour Dieu et la religion !
Pour l'Église donnez, donnez tous votre vie !....
            Tombez pour la Patrie,
            Satan sera vaincu ;
Et dans un temps bien court, oui, j'en suis convaincu
            A sa race fatale
        . Grande engeance infernale,
            Triomphante elle échappera ;
            Sainte elle se relèvera
    Non pas tant pour dominer le monde
Que pour donner à Dieu, et sur terre et sur l'onde,

De fidèles enfants,
D'énergiques chrétiens, *fils aînés* de l'Église,
Ayant tous à la *Foi* leur âme très-soumise,
　　　　Rédempteurs triomphants
　　　　Et d'une double *Mère* (1)
Et du *Pape captif* du Christ digne Vicaire !
Versez donc votre sang, et j'en suis convaincu,
Satan avec l'enfer par vous sera vaincu !!!...

VII

Telle était en effet la fureur infernale,
　　　Que dans la triste capitale
Circulaient des ruisseaux et de feu et de sang.
On n'entendait partout que le bruit menaçant
De cent tubes d'airain ravisseurs de la vie,
Et les embrasements de l'horrible *incendie*
Inspiré par l'*Enfer* aux vilains *pétroleurs*,
　　　Et dont la gueule enflammée,
En causant aux Français les plus grands des malheurs,
Exhalait çà et là sa livide fumée.

Satan chantait victoire en voyant le destin
Des palais et des tours chancelant sur leur base
Comme l'intempérance après un grand festin.
De la France il croyait faire une table rase.
Il chantait ou plutôt il blasphémait ainsi :
　　　« O Christ, toi qui disais ceci :
　　　— « Ma loi durable et pure

1. La France et l'Église

« Survivra au soleil allumé par mes mains ! »

« Nous t'avons sans retour convaincu d'imposture,

« *Pendu*, Dieu autrefois des crédules humains ! . . . .

« Le soleil luit encore et dément ta parole :

« Ne vois-tu pas, menteur, que mes puissants Démons

     « Condamnent tous tes sermons ? . . . .

« Ne vois-tu pas, menteur, que le *divin Pétrole*

« Va soudain *balayer* tes ignobles autels ? . . . .

    « Non ! non ! autour de tes images

« Les Français n'iront plus, aveuglés par tes mages,

« Suspendre leurs présents ! non, non, tous ces mortels,

« Tributaires craintifs d'un bois réduit en cendre,

« A tes autels brûlés n'iront plus recourir ! . . . .

« Dans le gouffre béant tes temples vont descendre ;

« En France sans délai ton culte va mourir ! . . . .

. . . . . , ...

« Tombez donc, sans pasteurs églises inutiles ! . . . .

« Non ! vous ne verrez plus tous vos prêtres serviles

« Fréquenter de vos murs la sombre et vaste horreur !

« Embrasez-vous, autels, rentrez dans la poussière

« Avec ces fiers tyrans qui trafiquaient l'erreur

« En présentant au peuple une idole grossière

« Un *bois sec*, désormais banni de l'univers ! » (1)

(f) La Croix.

CHANT QUATORZIÈME

SATAN ET LA VIERGE MARIE.

I.

Ainsi parlait à Dieu le Prince des enfers,
Pendant que la *clémente* et *puissante* MARIE,
   Pleine d'affection pour la pauvre patrie
      De ses Français chrétiens
      Qu'elle appelle les *siens*,
Disait à Jésus-Christ, dans sa sainte tristesse :
« Jusques à quand, mon Fils, souffrirez-vous l'ivresse
     « De ces démons criminels
« Qui tressaillent de joie et d'impie allégresse,
« Pensant qu'ils vont soudain détruire vos autels ?
« Assez sur mon *cher peuple* exerçant leur furie,
      « Ils ont semé dans *ma patrie* (1)
      « L'horreur, le trouble et le danger :
      « Ils n'ont pensé qu'à l'affliger !....
« Montrez-vous donc, mon Fils ! levez-vous, Roi su-
« Et faites éclater votre juste courroux |prème,
« Contre le sot orgueil et l'insolent blasphème

---

(1) Regnum Galliæ, regnum Mariæ.

6

« Du Prince des enfers conspirant contre vous ! . . . .

« La gloire du Seigneur, sa grandeur immortelle

« De la Mère du Christ doit occuper le zèle.

« Sans doute *ils ont péché* mes *coupables* Français,

  « Et leurs nombreux forfaits

  « Ont surpassé le nombre

  « Des sables de la mer.

« Ils suivaient en effet la lueur vaine et sombre

« Des charmes séduisants du monde et de la chair ;

« Mais enfin votre amour, à qui tout amour cède,

« Surpasse encor l'excès des désordres humains . . .

« Où le poison abonde il faut un prompt remède :

« O Dieu Jésus, mon fils, je l'attends de vos mains !

. . . .

« Mes Français m'ont priée avec foi, avec larmes,

« Dans ce saint mois de *Mai* lequel m'est consacré. . . .

« Prenez-les en pitié, dissipez leurs alarmes ! . . . .

« Ne laissez pas brûler mon beau *Temple sacré* ! . . . .

  « Non ! non ! par le peuple en délire,

  « De vos préceptes éternels

« Criminel contempteur, ne laissez pas détruire

  « Et vos temples et vos autels ! . . . .

« Arrêtez, ô mon Fils, ce bouillonnant déluge

« Dont les flots enflammés sont près de submerger

« Nos monuments sacrés.... Oui ! soyez leur refuge

  « Contre les fils de l'étranger,

  « Préservez-les de tout danger

« En rendant de Satan les triomphes stériles ! . . . .

« Sans doute Babylone (1) est de toutes les villes

(1) Paris.

« La coupable, l'infâme !.... Exécrable séjour
« Des démons incarnés, cette cité hautaine
   « Où l'impiété souveraine
« A établi son trône et rassemblé sa cour,
« Mériterait soudain qu'à votre ordre suprême
« Le tonnerre attentif s'éveillât de soi-même
« Pour venger le Très-Haut et votre Dignité ! ....
« Pardonnez cette fois à la ville infidèle ;
« Pour le quart d'heure hélas !.. hélas ! en vérité,
« C'est assez de malheurs que la main criminelle,
   « Vendue au meurtre et à l'iniquité,
« A versé sur mon peuple en versant le pétrole,
« Ce liquide chanté par un peuple frivole,
« Ce liquide apporté par l'infernal autan,
« Ce liquide allumé par l'infâme Satan ! ....

      .   .   .   .

« O vous donc, Éternel ! ô le meilleur des pères,
« Dieu des Cieux, de la terre et de tout l'univers,
« Vous, dont la Voix soumet à vos ordres sévères
      « Et les vents et les mers,
« Confondez, confondez tous ces démons farouches
« Qui blasphèment mon Fils dans leurs méchantes
                                    [bouches !
« Oui ; laissez-moi lancer tous mes rayons vainqueurs
« Sur l'Enfer réuni !... du *dragon* triomphante,
« Ève règne à son tour : par Vous je suis *puissante*, (1)
« Laissez-moi donc, mon Dieu, écarter les malheurs,
« Laissez-moi dissiper cette horrible tempête ! ....
« Nouvel astre du jour pour le ciel se levant,
« Grâce à vous, ô mon Fils, j'écraserai la tête
      « De l'odieux Serpent !.... »

(1) Virgo potens.

II.

Ainsi parla Marie au Fils du Dieu vivant
Qui répondit ainsi à sa clémente Mère :
   « De même que mon Père
« Me donne tout pouvoir sur la terre et au Ciel,
« De même soyez sûre, ô Vous qui m'êtes chère,
  « Que le Fils divin de l'Éternel,
« Votre Fils bien aimé, exauce vos demandes.
   « *Mère du bel amour,*
   « Vos vertus sont trop grandes
   « Pour ne point en ce jour
« Écouter des Français la Mère si *clémente* ! (1)
« Sur la terre et au Ciel vous avez tout pouvoir,
« De la terre et du Ciel Reine toute puissante ;
« Soyez donc des Français le *secours* et l'*espoir* ! . . . .
« Confondez le *maudit*, le *serpent* sanguinaire ;
« Écrasez-lui la tête à cet incendiaire,
   « A ce méchant perturbateur ! . . . .
« De Dieu et de son Christ le grand blasphémateur
« Doit être confondu par la *Mère du Verbe :*
   « Oui, la Mère du Rédempteur
« Doit abattre en tout temps l'ange impur et superbe ! »

III.

Satan parlait encor blasphémant contre Dieu
Que soudain du Seigneur il aperçoit les Anges

(1) Virgo clemens.

Et leur Reine au milieu (1)
Qu'ils comblaient tous en chœur de leurs saintes
[louanges.

. . . .

. . . .

— « Démons ! s'écria-t-il dans sa noire fureur,
Volant aux quatre coins de cette Babylone,
      Où, roi de la terreur,
    Il avait placé son trône, —
« Démons, accourez tous ; fomentez le volcan
« Que nous avons créé dans cette capitale ! . . . .
« Armez-vous de vos feux, compagnons de Satan :
    « Notre armée infernale
« A ici à lutter contre des bataillons. . . .
« Les voyez-vous là-haut, au bout de Notre-Dame, (2)
« Outrageant nos drapeaux qu'ils appellent haillons ? (3)
   « Ils sont conduits par la maudite *femme*
     « Qui nous poursuit toujours
     « En se disant, l'infâme ! . . . .
     « Des chrétiens le secours !

. . . .

« Aux armes ! Séraphins ! le *Pétrole* et sa flamme !
     « Aux armes, fiers démons !
    « Eglises et maisons. . . . .,
« Brûlons tout ! brûlons tout ! au *ciel* faisons la guerre !
« Aux armes, bataillons ! oui, désolons la *terre* !
     « Vaincre ou mourir ! . . . . .
« Combattons, combattons jusqu'au dernier soupir...

(1) Regina Angelorum.
(2) La métropole de Paris.
(3) Les haillons de la Commune.

«Mais nous ne mourons pas!.. quelle est donc notre crainte?

« La crainte de l'enfer ?

« Mais nous y sommes tous !.. Cette soi-disant *Sainte*? (1)

« Avant elle j'étais ! oui : j'étais *Lucifer*,

· « Et je le suis encore !....

« Essayez donc, *Ardeurs*, si mon *Feu* qui dévore

« Ne renversera pas les superbes clochers

« De cette *maudite femme*

« Que les français crétins appellent *Notre Dame*,

« De même que l'Etna engloutit les rochers

« Dans son gouffre béant ?... Écoutez ma parole,

« Anges de *Lucifer* !... A l'œuvre le *Pétrole* !

« Le *Pétrole* partout ! aux maisons ! aux autels !

« Dussions-nous aujourd'hui perdre tous les mortels ! »

IV.

Satan est obéi. Le pétrole ruisselle......

Que dis-je ? c'est un fleuve,.. il s'étend peu à peu...

C'est une mare, un lac... c'est une *mer de feu* !

C'est la destruction, entière, universelle !....

Je croyais voir *Sodome* en contemplant *Babel*

Offrant à mes regards le plus triste spectacle !..

. . . .

Babel demeure encor..... d'où vient donc ce miracle,

— Car c'est un vrai prodige — ?..., Ah, c'est que l'Eternel

Avait pris en pitié les enfants de sa Mère !

Ah ! c'est que Jésus-Christ voulait venger son père,

(1) La Sainte Vierge.

Lui-même se venger de l'orgueil de Satan !..
C'est pour cela que Dieu *fit cesser* l'ouragan ! .

En effet la Vierge Marie,
Pour défendre notre patrie,
Comme nous l'avons dit, s'était mise soudain
Aux pieds de la divine *justice*
Pour arrêter sa main
Non pas sur l'infernale malice,
Au contraire, il s'en faut ! mais sur ses chers enfants
Qui l'avaient tant priée au plus fort des orages,
Au plue fort des malheurs, des périls menaçants,
Pour qu'elle dispersât les infernaux nuages.

Sur son temple sacré debout, reine du ciel,
Tendre patronne de la France,
Compatissant à sa souffrance,
Ferme elle se tenait défendant son autel,
Pendant que ses anges fidèles
Couvraient le temple saint de leurs puissantes ailes.
L'orgueilleux Lucifer
Jusqu'aux pieds de Marie ose mener l'enfer.
« Brûlez-moi cette église !.... »
Dit-il à ses démons ; mais dans son entreprise
Il ne réussit point : la Vierge le défit
En lui écrasant la tête
Au milieu de ses feux (1) Michel le poursuivit
Jusqu'au plus fort de l'horrible tempête,
En lui disant : « Retire-toi, maudit,
« Exécrable Satan, vaincu incorrigible,

---

(1) On sait que le maître autel de N. D. a été incendié par les pétroleurs.

« Serpent audacieux,
« Implacable ennemi de la Reine des Cieux !....
« Tu ne savais donc pas que Marie est *terrible*, (1)
« Qu'elle est plus puissante que toi,
          « Et que dans sa clémence,
« De ses temples sacrés seconde Providence,
« Elle devait laisser a ceux qui ont la foi
« Les autels de son Fils et ses temples à elle ?....
            « Protectrice immortelle
          « De la divine-Religion,
« Elle protégera son peuple de Sion !....

« Tu as fait des *martyrs*, c'est assez ; quant aux temples
« Qu'avec rage et fureur envieux tu contemples,
« Tu ne les auras pas, ils sont encore à Dieu
          « Et à son auguste mère !
          « Tes fiers suppôts ont beau faire,
« Dieu les arrêtera : nous éteindrons leur feu !....
« Je le sais, tu voulais détruire Babylone,
« Croyant qu'avec Paris la France périrait !
« Mais qu'importe *Babel* ? Quand *Paris* s'en irait,
« La *France* pour cela ne perdrait pas son trône !...

« Sache-le, fier dragon, le Tout-Puissant Seigneur
« M'a créé spécial protecteur de la France ;
          « Et sache aussi que pour son *bonheur*
          « Comme pour sa *délivrance*,
« Le Seigneur lui ayant ses fautes pardonné,
« *Je dois y ramener le Prince DIEUDONNÉ*,
« A qui Dieu donnera sa *force* et sa *puissance*

(1) Terrible comme une armée rangée en bataille.

« Pour faire triompher la *Grande Nation*

« Et ton digne vainqueur le *Vieillard de Sion* !...

« *Le fils de saint Louis* aime trop la *justice*

    « Pour que la France périsse !.....

« Retourne à ton enfer, audacieux Satan ;...

« Par la Vierge vaincu, oui, va-t-en ; oui, va-t-en... »

CHANT QUINZIÈME.

LA MORSURE AU TALON ET L'ITALIE SATANIQUE.

I.

Ainsi fut détrôné le prince des abimes,
    Le père de tous ces crimes
Qu'on commit à l'excès dans notre nation.
Tel fut le dénoûment de l'*insurrection*,
De ce gouvernement, enfant du *communisme*,
Que Satan engendra, dans son impiété,
    Pour jeter la société
Dans le plus affreux cataclysme.
Mais l'orgueil n'a jamais déposé pour toujours
    Sa haine vengeresse ;
Il pousse seulement quelques cris de détresse,
    Comme au premier des jours,
Mais il ne se rend pas. Il gémit, il soupire,
    Dans la blessure de son cœur ;
    Mais dans son aveugle délire,
Il ne se dit jamais vaincu par son vainqueur.
Satan revient à lui — « Reprenons notre empire !...

Se dit-il aussitôt, ne suis-je pas *Satan*,
« Satan le Dieu du MAL, Satan le fier Archange ?..
« Pourquoi donc ce Michel ou cet esclave étrange
« Vient-il de me poursuivre en me disant : va-t-en?..
« Je ne m'en irai pas sans détruire l'Église !....
    « Si hélas ! jusqu'ici
    « Je n'ai pas réussi
« A Paris, dans ma noble et louable entreprise,
« A Rome sans délai je serai triomphant !....»

II.

    Il convoque à l'instant
Tout l'enfer dispersé par la main de Marie,
    Et lui tient ce discours :
« Compagnons de Satan, maintenant et toujours
« Il faut prendre courage !.. Allons en Italie
« Conquérir les lauriers que nous avons perdus !...
« Dans la ville du pape ils nous seront rendus :
« Nous nous emparerons de sa triple couronne,
« A Rome je mettrai mon invincible Trône !...
« Partons en Italie, enfants de Lucifer !
    « Transportons-y l'Enfer !....
« Mais faisons mieux ; restez cent mille en France
    « Pour empêcher sa délivrance.....
« Sois-en le chef, *Orgueil* !... Aveugle les Français,
« Et je te le prédis, grands seront nos succès !.....
    « Grande est mon espérance !....
« Comme ses conquérants nous reviendrons en France,
    « En France triomphants !....

« Cent mille restez donc, magnanimes enfants
   « De la forte Patrie !
« Quant à nous, forts aussi, partons pour l'Italie !

  — « Vive Satan le père de l'*Orgueil* !
« L'Archange de l'*Orgueil* vous couvrira de gloire ;
« Il vous mènera tous aux champs de la victoire !......
« *Cent mille* restez donc : dans un affreux cercueil
Oui, bientôt cette fois nous plongerons la France
   « Avec son *prétendu roi*,
« Qui doit, disent les sots, être sa délivrance !....
« Cent mille restez donc ! oui venez avec moi.
« Le feu n'est pas éteint ; il couve sous la cendre ;
« Il faut l'entretenir contre la *Royauté*,
   « Dussions-nous avec cruauté
« Tuer ses partisans pour la faire descendre
   Au séjour de la *Mort !*...
Monarque de l'enfer ô Dieu *puissant* et *fort*,
« Donne-moi donc, Satan, donne-moi cent mille Anges,
« Et j'irai te rejoindre en chantant tes louanges ! »

III.

Ainsi parla l'*Orgueil* au Prince des Démons
Qui lui donna soudain cent mille compagnons
Pour plonger de nouveau notre pauvre patrie
   Dans un grand désarroi,
   Dans ce manque de vie
Qu'elle n'eût pas souffert si elle et eût eu son *Roi !* ..

De leur côté aussi l'esprit du *Scepticisme*
Et l'orgueilleux esprit du méchant *Athéisme*

Dirent à Lucifer :

« A nous aussi, Satan, donne-nous cent mille Anges !....

« Il est un grand pays tout couvert de louanges

« Par les dignes suppôts de ton puissant Enfer,

« Où règne un fier mortel, conseiller du Monarque

« Que tu as pour toi seul créé *Saint-Empereur* (1) :

« C'est le *Grand chancelier* ou ce fameux exarque

« Qui, nous n'en doutons pas, répandra la terreur

« Dans l'Église du Christ qu'il anéantira

« Par ses dignes projets de détruire la France !....

« En Prusse envoie-nous donc, et par notre influence,

« Par toi nous le jurons ! l'Église périra !!!... »

— « *Amen ! amen !...* que l'Église périsse !...

« Que mon enfer soudain l'anéantisse !...

— « Leur répondit Satan approuvant leur conseil. —

« Vaillants et grands Esprits, vous êtes sans pareils !

« En Prusse partez donc, emmenez cent mille Anges

« Et venez me rejoindre en chantant mes louanges !

« Partez, je vous bénis... grands seront vos succès !...

« Mettez en amitié la Prusse et l'Italie,

« Nous anéantirons l'Église et les Français !!...

« Satan vous attendra dans la grande patrie

« Du fier Garibaldi, *l'homme de mon espoir,*

« Que j'ai fait hériter des talents et des crimes

« Du défunt Mazzini qui brûle en nos abîmes !...

« En Prusse partez donc, à bientôt le revoir !...

« Ayons tous même but, qu'un même esprit nous lie ! »

1. Allusion au Saint-Empire.

IV.

Satan dit, et soudain s'envole en Italie.

Enveloppé dans un nuage ardent,
Il s'arrête au dessus de Rome
Que le fameux roi *Galant-homme*
Cet indigne mortel.... reçut tout récemment
De l'odieux serpent.
Là, il place son trône
Avec toute sa cour il siège au Quirinal
Pour renverser le Pape et sa triple couronne.
C'est lui l'inspirateur de cet homme infernal,
De ce *grand savoyard* qui se laisse conduire
Par les suppôts de Satan,
Et qui, sans s'en douter siége sur un volcan,
Puisque les *Communards* veulent partout détruire
Non seulement l'autel mais le trône des rois,
Voulant la liberté sans morale et sans lois ?....

. . . .
. . . .
. . . .

V.

Je n'ose aller plus loin... soutiens-moi, Muse sainte !...
Je t'en prie, aide-moi... viens dissiper ma crainte !...
A Rome, je voudrais... *catholique romain*,.....
Adorateur du Christ, partisan du Saint-Père, ...

Visiter le Grand Chef de l'Eglise ma mère !!...
Mais je n'ose... je crains de rencontrer la main
   De ces hommes iniques
   Aux âmes sataniques,
Qui sèment la terreur et bien souvent la mort
Parmi les partisans du Pasteur vénérable
Qui doit certainement être un jour le plus fort,
Après avoir été captif, bien misérable,
Dépouillé par la main des infâmes voleurs....
Je voudrais l'aller voir dans ses cruelles chaînes,....
L'admirer tendrement dans ses touchants malheurs !.....

 . . . .

Je voudrais visiter ces églises romaines
Où resplendit la foi, sa beauté, ses grandeurs,
Et surtout, ô mon Dieu !... l'Église de Saint-Pierre,
   Où tout est si puissant
   Et si éblouissant,
Qu'en voyant ses rochers et de marbre et de pierre
Si bien peints par la foi et sculptés par l'amour,
   Un protestant ne put un jour
Retenir ses soupirs : « Comment est-il possible
   « Que devant un si beau monument
   « On demeure insensible ?...
   — Dit-il publiquement
A ceux qui le voyaient dans cet étonnement.
« Comment ! L'impiété demande qu'on le rase !!...
« Ah ! pour moi protestant ce monument m'écrase ! »

 . . . .

Oui, Muse, je voudrais voir ce temple si beau....
Je voudrais voir aussi le splendide tombeau
   Du Prince des Apôtres.....
— Car toutes ces beautés de Rome sont les nôtres —

Je voudrais voir encor ces tours et ces palais....
Tout ce qu'il y a de beau dans la Ville Éternelle,....
Mais je n'ose y aller.... je n'oserais jamais.....
Je crains de rencontrer la plèbe criminelle,
Ces gros *Mazziniens* disciples de Satan,
Ces hideux *Buzzuri,* ignoble populace,
Ces *Garibaldiens,* diabolique race,
Ennemis du Vieillard captif du Vatican !.....

. . . .

Le diable les conduit.... c'est l'Enfer sur la terre....
Partout des cris de mort.... partout des cris de guerre....
Guerre à Dieu ! guerre au Christ ! guerre à la Papauté !...
Partout d'horribles cris..... des cris d'impiété.....
La main de ces brigands toute vouée au crime
Ne connaît rien de grand et de plus légitime
Que le renversement de la société....
Partout l'iniquité..... partout l'affreux blasphème.....
Partout outrage, insulte et insolence extrême.....

. . . .
. . . . , ...
. . . .

VI.

Et dire qu'il n'y a point de lois
Pour châtier l'injustice
De l'infernale malice !!!....
Hélas ! à quels malheurs sont exposés les rois !
D'exécrables flatteurs, ardents à les séduire,
S'emparent de leurs cœurs, corrompent leurs penchants ;
Esclaves de mille brigands,

Ils jettent dans leurs mains les rènes de l'empire ;
    A les pervertir tout conspire !......

. . . .

Misérable roseau, jouet de tous les vents,
    Ah ! *roitelet,* prends garde !.... (1).
Tu ne sais pas, bandit, ce que le ciel te garde !.. .

. . . .

De lâches conseillers, de bas adulateurs,
De la raison des rois avides corrupteurs,
    Ont gravé dans ton âme
Le mépris de l'Église et de la vérité.....
    De ces monstres d'iniquité
Tu aurais dû percer et dévoiler la trame,
Et, dans un zèle saint qui pour Dieu seul s'enflamme,
Tu aurais dû punir leur vile impiété !....
Monarque, sous tes yeux, la langue impie, obscène,
N'aurait dû insulter jamais à la pudeur,
Et ton front n'aurait dû offrir au vil flatteur
    Que de l'horreur et de la haine.
Au comble des honneurs du souverain pouvoir,
Sur le trône, où le Ciel daigna te faire asseoir,
Oui ! Roi, tu aurais dû dire à Dieu : « Je vous aime !
« Je ferai respecter votre nom glorieux ! »
Mais hélas ! des grandeurs l'appât si dangereux,
L'image des plaisirs, l'éclat du diadème,
    De Dieu et de sa bonté suprême
    Ont détourné tes yeux !.....

. . . .

    Dans sa justice et sa science
Tu aurais dû chercher le repos de ton cœur ;
Tu verrais aujourd'hui que l'unique bonheur
    Est dans l'amour de l'innocence !

1. Le roi de Piémont conduit par la Révolution.

Heureux l'homme qui craint le Seigneur !
Si tu ne le crains pas, tu es un misérable.....
Oui, Roi, c'est la vertu qui seule rend heureux :
Toujours pure, toujours aimable,
Elle est la source inépuisable
Des jours les plus sereins, les plus délicieux !
Ah ! prends garde ! prends garde !....
Tu ne sais pas, bandit, ce que le Ciel te garde !....

. . . .

VII.

Et vous aussi, mortels imbéciles et fous,
Quel esprit vous séduit ! quel démon vous conseille !
Celui qui qui vous créa et forma votre oreille
Sera-t-il, croyez-vous, sans oreilles pour vous ?
Aveugles et méchants *Italianissimes,*
Celui qui fit vos yeux ne verra point vos crimes ?
Et Celui qui punit dans son juste courroux,
Les rois les plus sublimes,
Pour vous seuls tendre et bon retiendra-t-il ses coups ?....
Ah ! non ! non ! vainement votre *main sacrilége*
Contre l'Église en pleurs décoche tous ses traits ;
Le trône du Seigneur certes n'est point un siége
Souillé par des forfaits et d'injustes décrets.
En vain de votre cœur l'envieuse malice
A l'église tendra ses filets captieux ;
Toujours pour ses enfants la loi de Dieu propice
Confondra les méchants et les audacieux !....
Il anéantira ceux qui nous font la guerre ;
Et si l'impiété nous juge sur la terre,

Il a l'éternité pour la juger aux cieux !... .
Mais, *infernaux mortels*, prenez encor bien garde !....
Vous ignorez aussi ce que le ciel vous garde !

VIII.

« Quand viendra-t-il hélas ! le jour si fortuné
« De cette délivrance à laquelle j'aspire !...
« Et qui m'affranchira du *satanique empire*
« De ce monde pervers où je suis *enchaîné !!*....
« Quand pourrai-je, O mon Dieu ! dans le *vallon des*
« Trouver en vous louant la fin de mes alarmes [*larmes.*
« Et le *commencement* du bonheur que j'attends
   « Avec mes vrâis enfants !....

*
* *

  « Quand pourrai-je dire à l'impie :
  « Tremble, lâche, frémis d'effroi !
  « De ton Dieu la haine-assoupie
  « Est prête à s'éveiller sur toi !
  « Dans ta criminelle carrière,
  « Tu ne mis jamais de barrière
  « Entre sa crainte et tes fureurs :
   « Puisse mon heureuse prière
« D'un châtiment trop dur t'épargner les horreurs ! » (1)

***

  « Puisse en moi la ferveur extrême
   « D'une sainte compassion

(1) Cantique de J.-B. Rousseau.

» Des offenseurs du Dieu que j'aime
« Opérer la conversion !
« De ses vengeances redoutables
« Puissent mes ardeurs véritables
« Adoucir la sévère loi,
« Et pour mes ennemis coupables
« Obtenir le pardon, le *retour à la foi !*.... »

CHANT SEIZIÈME.

LA PASSION ET LA RESURRECTION. — LUCIFER ET
MICHEL.

Demain !....

I.

Ainsi parle Pie IX dans sa grande détresse ;
Ainsi parle l'église en ses chants de tristesse,
Tandis que Lucifer dit à tous ses démons :
« *Trônes, Vertus, Ardeurs,* écoutez mes sermons ;
« C'est ici le moment de la sainte allégresse....
　　　　　　« *Chérubins,*
　　　　　　« *Séraphins,*
« Tressaillez donc de joie, enfants de la Patrie !....
« Ennemis de Jésus, ennemis de Marie : •
　　　　　« Vous êtes vraiment divins :
« Le *prêtre* est insulté, la *madone* outragée ;
« L'église souffre en pleurs, justement affligée ;
« Le *pape* est bafoué,
« Au fond de son palais il est vraiment cloué
　　　　　« Ce vieillard en enfance,
« Qui a pour son *Seigneur* compromis sa puissance

« Et sa situation,

« En voulant guerroyer contre l'Hydre aux sept têtes

  « De la Révolution

« Qui disant toujours *oui* a pour réponse *non* !....

« Oh ! qu'il parle, qu'il parle, à l'aspect des tempêtes

« Qui vont fondre sur lui !.. malheur, trois fois malheur

  « A cet *infâme discoureur*

« Follement *adoré* par un peuple *idolâtre*

    « Qui, malgré la juste fureur

« De l'Enfer en couroux, *sot et opiniâtre*,

« Ose pour l'écouter, *braver* le Quirinal

« Et les flots bouillonnants de nos braves *Sicaires*

« Qui tous incessamment dignes incendiaires

« Du *trône* et de *l'autel*, à mon TRONE infernal

« Apporteront *l'encens* et le *Sceptre* du Monde !....

« Redoublez d'énergie et qu'elle soit profonde

« Votre juste espérance, Archanges, fiers démons !....

    Bientôt nous *massacrerons*

« Ce *vieillard entêté* qui, sur terre et sur l'onde,

« Se disant *sans erreur* sur la machine ronde,

« Ose braver sans peur l'impopularité,

« Pour proclamer bien haut l'indigne vérité !...

« *Oh ! qu'il parle, qu'il parle* à présent l'infaillile

« Dans ses *discours trois fois, quatre fois malheureux !*

« *Oh ! qu'il parle le pape ! oh ! qu'il parle* avec ceux

« Qui le rendent si fier, si fou, si inflexible !....

« Nous boirons dans leur sang et le peuple avec nous

« S'en désaltérera tombant à nos genoux

« Aux cris de : *mort au pape et à sa race impure*

« Hàine et *mort à l'auteur de toute créature !*

    « *Mort au Christ* ! *Mort à Dieu* !

« Anéantissons-les par le fer et le feu ! (1)
« *Vive Garibaldi ! vive le Mazzinisme !* »
« C'est comme s'ils disaient : vive le satanisme !....
« Chérubins !
« Séraphins !
« Tressaillez-donc de joie, enfants de la Patrie !....
« Vous êtes vraiment divins,
« Ennemis de Jésus, ennemis de Marie !!..... »

II.

Ainsi parle *aujourd'hui* le prince des enfers.
Mais nous savons que Dieu le Roi de l'univers, .
Le Tout-Puissant, l'ancien des jours, l'Être ineffable,
Celui qui ne meurt point, l'Eternel, l'Immuable,
L'Être sans naissance et sans fin,
Qui fait éclore tout sous sa divine main.
A dit depuis longtemps : « *Non, non : contre l'Église*
« *Les portes de l'Enfer ne prévaudront jamais* ;
« L'Eglise est mon épouse et fidèle et soumise !
« Des combats qu'on lui livre, elle achète sa paix. »

III.

Nous connaissons aussi ce qu'il dit à un ange :
« O toi qui vis de mon amour,
« Toi qui te nourris chaque jour

(1) Ces paroles sont textuelles, c'est le langage de Satan inspiré par lui à la canaille.

« De la chair de mon Fils, et méprises la fange,
« Ame tout-à-fait sainte et chère à mon esprit,
« Toi qui aimes mon fils bien aimé Jésus-Christ
« Et ne ressembles point à ces âmes frivoles
« Qui aiment le néant, écoute mes paroles.

  « Dis à l'Eglise de ma part
  « Que comme un cruel léopard
  « L'*oppression* fondra sur elle
« Sans la faire mourir puisqu'elle est immortelle.
« Dans la cité que j'aime, où j'ai laissé mon cœur,
« L'affliction viendra ainsi que le malheur :
« Pendant *trois ans et plus* elle semblera morte,
  « En proie à la désolation ;.......
  « Mais à la fin plus forte
  « Que l'infâme Révolution,
« Ma mère descendra dans cette nation.
« Elle prendra les mains du vieillard vénérable
« Qui l'a glorifié en la terre et au ciel,
« Et lui dira « Vieillard, voici *l'heure ineffable*
  « Plus douce que le miel
« Par toi tant désirée !... Oui, lève toi, Vicaire
« De Jésus-Christ mon fils !... Ne crains pas le sicaire
« Regarde autour de toi : vois tes fiers ennemis,....
« Ils disparaissent tous ! je te l'avais promis
« Vois les hommes devant ton illustre courage ;
  « Ils sont en vénération
  « Et devant ton grand âge,
  « O Vieillard de Sion,
  « Et devant ta puissance
« Comme ils le sont aussi devant ton existence !
  « Comme jadis le fort Israël
  « Luttant contre le grand Dieu du Ciel,

« Toi aussi, *fort Pasteur* de l'Eglise Romaine,
« Tu as lutté, Vieillard, contre Dieu irrité,
        « Pour sauver la dignité
        « De la pauvre race humaine..:...
« Tu as *vaincu* le Ciel !... Oui, Vieillard, tu *vivras*...
        « Vieillard, sèche tes larmes!
        « Oui : tu triompheras !.......
        « Tu possèdes les armes
« Du Dieu fort et puissant dans les rudes combats.
« Je te bénis, Pontife, avec tous tes soldats !. »

IV.

Voilà ce que je sais, ce que savent les autres.
Oui ! digne successeur du Prince des Apôtres,
Oui, tu triompheras de l'Enfer conjuré
Contre toi !.. Non, jamais cet ennemi juré
Et de la Papauté et de l'Eglise entière,
        Non : jamais Lucifer
Contre le Siége-Saint cimenté dans la *pierre*.
Ne fera prévaloir les portes de l'Enfer.
Non jamais, Père Saint, le prince des ténèbres,
Ce lion rugissant ennemi de l'Agneau,
Envieux de tes *trois couronnes* si célèbres, (1)
Faisant crier partout : « *Vive le Droit nouveau* ! »
Non jamais Lucifer dans sa fière entreprise
        Ne renversera l'Eglise :
Celui qui met un frein à la fureur des flots (2)

(1) La thiare du Pape a trois couronnes.
(2) Racine.

Saura bien de Satan arrêter les complots !....
Oui, tu vaincras l'Enfer avec sa barbarie.

    Jadis, quelques larmes de Saint Pie,
Ton saint prédécesseur *cinquième* par le nom,
Lequel a dans l'histoire un célèbre renom, —
Suffirent pour mouvoir le *fort bras* de Marie,
Laquelle extermina ces nombreux *Musulmans*
Qui voulaient à l'Europe avec leurs talismans
Imposer leur infâme et odieux prophète.
La Vierge dissipa l'infernale tempête,
Se montrant bien alors *des chrétiens le secours* (1)
      Cinq ans aussi d'épreuves très-pénibles
      D'un autre Pie aux tristes jours (2)
Obtinrent de la Vierge aux entrailles sensibles
La chute du colosse aux entrailles de fer,
Le plus audacieux comme le plus superbe
Qui ait jamais paru, *dans les temps de l'enfer,*
Au fatal détriment des fidèles du Verbe !....
Pourquoi donc, *ô Saint-Pie,* — ah ! reçois ce beau nom,
Toi aussi dans l'histoire auras un grand renom, —
Pourquoi donc ta *prison* et ta *douleur amère,*
    O Saint et vénérable Père
    Accablé de malheurs,
Pour la destruction de tes persécuteurs
Et de ceux de l'Église, impuissants, misérables,
N'armeraient-elles pas les mains si *secourables*
    De la *Reine du ciel ?....*

---

(1) C'est pour avoir exterminé les hordes menaçantes des Musulmans que S* Pie V donna à Marie le titre nouveau et solennel de *secours des chrétiens,* auxilium christianorum.

(2) Pie VII.

Ah ! tu bois *aujourd'hui* du vinaigre et du fiel ;
Peut-être aussi *demain*, pour ressembler au Maître,
Sur un vrai Golgotha, l'on te fera paraître,
Digne du *vrai martyre*, ô lieutenant de Dieu !....
Soit ! tu mourras martyr par le glaive ou le feu...
Mais si le Seigneur veut te donner cette gloire
Qu'il donna à beaucoup de tes prédécesseurs,
Ce ne sera alors.. oui, qu'après la victoire,
Oui, qu'après le triomphe et la fin des malheurs
      De l'Église notre Mère !....
Oui, tu triompheras, ô vénérable Père !....
Oui, tu verras la France accourir à tes pieds,
Après avoir quitté ses malheureux sentiers,
Après avoir rouvert son aveugle paupière.
      Conduite par son *Roi*,
Elle relèvera le Trône de saint Pierre :
      Père, console-toi !....
      Assez la France des infâmes
      A creusé des tombeaux ;
      Assez la France des bourreaux
A ourdi contre Toi de criminelles trames :
Ils mourront tes bourreaux, ils mourront les tyrans.
Satan sera vaincu par la Vierge Marie !....
Tu seras délivré par ma chère patrie ! ...
La France par son Roi détruira ces *volcans*
Engendrés par l'enfer pour réduire en poussière .
      Les *autels* de l'Église entière
Et les *trônes* chrétiens de la Société !....
      Ah ! que mon vœu se réalise !!....
Oui, *demain* tu vaincras la grande iniquité
Qui voulait par ta mort anéantir l'Église !....
      Oui, *demain*.....

— Et Dieu veuille que ce soit l'an prochain !....
L'Ange de la puissance,
L'Archange glorieux,
L'Archange favori de la Reine des cieux,
Envoyé du Très-Haut pour délivrer la France,
Oui, *demain*, saint *Michel* chassera le *Dragon*
Et le refoulera au fond de ses abimes !....

V

Oh ! non, non ! cent fois non,
Arrogants et méchants *Italianissimes*,
Ennemis de Pie IX et de la vérité,
Non, vous ne vaincrez point la légitimité !....
Les *exilés* reverront la patrie,
Les *captifs* reverront, avec la liberté,
Le calme, le bonheur et la tranquillité !....
Ces grâces passeront par les mains de Marie
Reine des Anges et des Saints !....

VI

Oui, dans tes mauvais desseins
Tu échoueras, Satan !.. dans sa bonté profonde,
Oui ! oui !. *demain* le Ciel rendra la paix au monde,
Ah ! cruel, jusque-là tu peux battre des mains,
Et t'asseoir fièrement sur la Croix renversée :
De la société par toi bouleversée
Tu peux te croire victorieux !

Mais voici que le grand Roi des cieux,
    Le puissant Maître de la terre,
    Va faire gronder son tonnerre.....
        Oui ! demain, oui ! *demain*,
Tu peux de ton enfer reprendre le chemin.
C'est en vain que les vents de la *mer politique*
Par toi sont soulevés ; une voix prophétique
L'a dit depuis longtemps : contre le Tout-Puissant,
Devant l'œuvre de Dieu, l'Enfer est impuissant !....
Ah ! sans doute, tu peux tourmenter le pilote,
Un instant de Pie IX tu peux briser le cœur ;
Mais tu ne briseras point le vaisseau qui flotte :
Il doit nous débarquer dans le port du Seigneur !....

.   .   .   .

.   .   .   .

VII

Dieu le veut ! Dieu le veut ! ô France ! ô ma Patrie !
Va donc chercher ton *Roi* conservé par Marie.....
        Une ère nouvelle s'ouvrira.....
Tout ce qui est impur, *injuste*, finira.....
Il vaincra l'infernale et triste barbarie.....
        L'Europe enfin respirera.....
Reine elle reprendra son brillant diadème. ...
        Le mort Orient lui-même
            Tressaillera
Au fond de son sépulcre !.. Et toi, ma pauvre France,
        Tu seras grande enfin !!!....
        Oui ! demain, oui ! *demain*,

Le Seigneur te rendra ton ancienne puissance !....
Tu fouleras aux pieds les vils profanateurs
   De ton antique gloire !....
Sous la protection de la noble Victoire
Tu anéantiras ces perfides menteurs
Qui t'avaient dépouillée, au nom des *droits de l'homme*,
Des plus saints de tes droits !.. Ni les usurpateurs,
Ni les faux libéraux... ô belle France, en somme,
La race des Mandrins ne t'exploitera plus :
Ton *Roi*, c'est le plus grand ; c'est l'élu des élus !
Dieu le veut ! Dieu le veut !.. ô France ! ô ma Patrie,
Va donc chercher ton Roi conservé par Marie !....
Oui, France, il te le faut ! Si jadis jeune encor,
Des pleutres, des méchants, des traîtres l'exilèrent,
Et de ton *beau séjour* sans pitié le chassèrent,
Dieu te l'a conservé comme un riche trésor
Beaucoup plus précieux que le diamant et l'or.....
C'est vraiment le *Joseph* de la Sainte-Écriture,
Chassé de son pays par des frères sans cœur,
   Mais qu'un jour le Seigneur,
Qui pourvoit aux besoins de toute créature,
Rendit à Israël pour être son Sauveur !...

O France ! ô ma patrie ! ô France ! ô France ! ô France !
Va donc chercher ton Roi, ton trésor, ton bonheur !...
   Pour être ta délivrance,
Dans son amour pour toi, sache-le, Dieu l'élut....
Dieu le veut ! Dieu le veut ! ô France ! ô ma Patrie !
Va donc chercher ton Roi conservé par Marie !....
Dieu permit son exil pour qu'il fût ton salut ! (1)

(1). Ne vous affligez point, dit Joseph à ses frères, ne vous

Oui, c'est par le Ciel inspirée
Que la mère de ton roi.

Dit un jour à son fils : « mòn fils, écoute-moi.

« Voici par les méchants l'heure tant désirée ;

« Elle vient de paraitre au funeste cadran

« Du grand perturbateur qui s'appelle Satan.

« Il faut partir, mon fils, pour la terre étrangère ;

« Enfant de Saint-Louis, accompagne ta mère,

« L'heure est sonnée : hélas ! il faut quitter ces lieux,

« Ce cher et beau pays qui a vu ta naissance... ..

« Il faut faire à la France aujourd'hui nos adieux !....

« Mais Dieu le veut, mon fils ! partons sans résistance,

« Donne-toi tout à Dieu ! consacre ton amour

« A la Vierge Marie !

« Sur la France chérie,

« Dieu le veut ! Dieu le veut ! tu régneras un jour.

« Oui, mon fils, à la toute-Puissance

« Il faut confier ton destin !....   [France....

« Dieu le veut ! Dieu le veut ! c'est pour sauver la

« Enfant de Saint-Louis, pars donc, sois pèlerin !!!..... »

. . . .

. . . .

Dieu le veut, tu le vois, ô France ! ô ma Patrie !
Va donc chercher ton *Roi* conservé par Marie !
Dieu le veut ! il est temps de sortir du malheur ;
Il est temps de goûter la joie et le bonheur !

. . . .

Oui, noble *Pèlerin* d'un douloureux voyage,

indignez point contre vous-mêmes de ce que vous m'avez ven-
du..... c'est pour *votre salut* que Dieu a permi tout cela.

Il est temps de finir ton long pèlerinage,
Non-seulement pour toi, mais pour tous les Français.
Sors donc, ô noble Roi, de la terre étrangère....
Reviens au sol natal, grands seront nos succès,
La France quittera ses haillons de misère !....

VIII.

Oh ! nous avons assez souffert !!!....:
Il est temps de fermer le déplorable abîme
Que les amis du crime,
Imbéciles humains, fiers suppôts de l'Enfer,
Avec nos ennemis semblant de connivence, (1)
Dans leur *haine* sans nom avaient hélas ! ouvert
Pour y jeter la France !....
Oh ! non, non, *digne Roi*, la Révolution,
Sacrilége et maudite,
Ne peut pas triompher de notre Nation !
Si elle est aujourd'hui abattue et *petite*,
Grande, forte et puissante elle sera demain !....
Oh ! non, non, mille fois, la Vierge Immaculée,
En retirant sa bienfaisante main,
N'abandonnera pas, saignante et mutilée,
Aux griffes de Satan,
Aux dernières entreprises
Du souffle si impur de l'infernal autan,
A l'ignoble contact de ceux que tu méprises,
La nation des lys, ton royaume si beau,

(1). Qui ne connaît le fameux *delenda Gallia, il faut détruire
la France* de l'infernale politique italienne et prussienne ?..

Royaume aimé du ciel, Royaume de Marie.

   Mais pour tuer la barbarie,

Grand héritier des lys, oh ! maintiens ton Drapeau !

Car, c'est le seul qui soit sans tâche et sans souillure :

Ton *drapeau* ! il est vierge et sa blancheur est pure !

Seul il peut abriter et la religion,

Et l'honneur du pays, nos véritables gloires ;

Seul il peut nous donner le succès des victoires ;

Seul il peut ramener le Vieillard de Sion

Sur le trône du Christ et faire aimer l'Eglise.

Arrière le drapeau de la Rébellion ;

C'est le drapeau maudit que le Tout-Puissant brise,

   C'est le drapeau du sang,

   Le drapeau de Satan,

Tandis que ton Drapeau ! c'est l'étendard auguste,

   C'est le drapeau du juste,

Que le Saigneur exalte et bénit avec lui. (!)

. . . .

  Hélas ! hélas ! nous pleurons aujourd'hui

   Deux provinces perdues...

Mais nous nous consolons ; par le *Drapeau chrétien :*

Par *l'Etendard du Christ* qui doit-être le *tien*,

A la Mère-Patrie elles seront rendues !!....

   Notre espoir est en Toi !....

   Quitte donc, ô grand Roi,

   La terre hospitalière ;

Ton douloureux exil doit être terminé !

(1) Je briserai le drapeau des méchants et j'exalterai le drapeau du juste. (Psaume 74).

Dieu le veut ! reviens donc aux lieux où tu es né ;
Roi tu dois y finir ta sublime carrière !...
Dieu le veut ! Dieu le veut ! ô *Prince pèlerin*,
Reviens-donc, reviens-donc dans ta chère Patrie !
Après un si long temps, reviens, reviens enfin :
Tu es notre *sauveur* conservé par Marie !...
Ton règne ne doit pas être un règne de fer,
Mais bien un règne d'*or* !... De la Toute-Puissance,
Portant toujours l'épée, oui ! tu vaincras l'Enfer,
Ayant Dieu avec toi !... Reviens, reviens en France !
Fils ainé de l'Eglise, en tout temps, en tout lieu,
Pour le *bonheur humain* tu feras régner Dieu !
Dieu le veut ! Dieu le veut ! reviens dans ta Patrie,
Noble et grand exilé conservé par Marie !..
Reviens avec Michel pour tuer le *Serpent* !
De notre délivrance oh ! hâte le moment !

Oui ! que mon vœu se réalise !
Fais triompher la France et sa Mère l'Église !
Reviens, reviens en France, ô *prince pèlerin* !...
Dieu le veut ! Dieu le veut ! nous aurons la victoire,
Oui ! tu nous donneras le *pape de la gloire* !
Oui ! *tu vaincras* Satan ! oui *demain ! oui demain* !.....

TABLE DES MATIÈRES.

FIN DE LA TABLE.

ABBEVILLE IMPRIMERIE BRIEZ, C. PAILLART ET RETAUX.

www.ingramcontent.com/pod-product-compliance
Lightning Source LLC
Chambersburg PA
CBHW051929280626
47162CB00025B/1685